能小説 —

絶対やれる健康診断

杜山のずく

竹書房ラブロマン文庫

目次

この作品は、竹書房ラブロマン文庫のために
書き下ろされたものです。

第一章　人妻ナースの検温

女医はストッキングの脚をゆっくりと組み替えた。

「工藤直之《くどうなおゆき》さん、三十五歳ですね」

「はい、先生」

問いかけられた直之は神妙に頷《うなず》きながら、こっそり太腿《ふともも》に視線を走らせる。この日、彼が病院を訪れたのは、人間ドックの相談をするためだった。

神林《かんばやし》クリニック院長・神林芹那《せりな》は、カルテに何やら書き込むと、これで清々《せいせい》したとでもいうように、ペンをデスクに放って正面を向く。

「それで？　体力の衰えを感じるんでしたね」

「え、ええ……。妻も、一度調べてもらったほうがいいんじゃないか、って」

「ご夫婦の営みは？」

芹那は美しい顔を眉一つ動かさず言い放つ。

「は？　いえ、その……」

唐突な性生活への質問に直之は口ごもってしまう。健康診断をするために、そこまで聞く必要があるだろうか。

しかし、女医の問診は執拗《しつよう》だった。

「週に一回、もしくは二週に一回くらいはありますか」

「いえ。最近は、その」

「では、月に一回」

「あ。それもちょっと――」

直之が答えるにつれ、芹那の表情は曇っていく。

「まあ、それじゃ奥さんが気の毒だわ」

「はい……え？」

医者らしからぬ言いように意表を突かれる直之。

すると、芹那の目が妖しい色を放った。

「だって、まだ男性機能に問題はないんでしょう」

彼女は言いながら、足で器用に片方の靴を脱ぎ、ストッキング脚を伸ばして、患者の股間をズボンの上から弄《いじ》りだした。

想定外の出来事に直之は抵抗すらできない。

「はううっ……先生、何を――？」

一方、芹那は前屈みになって呻《うめ》く患者を楽しそうにいたぶり続けた。

「ほらあ、もうふっくらしてきたじゃない」

「……っく。誰だって、こんなことされれば」

スラックスの股間で女医の足指が蠢《うごめ》いている。きれいな形の指が生地をつかみ、その中にある肉棒を揉《も》みしだくのだ。爪には一本ずつ丁寧にペディキュアが塗《ぬ》られ、ストッキングに保護されていた。

「ハアッ、ハアッ」

気付くと、直之は呼吸を荒らげていた。

芹那は専門家らしからぬ態度で問診を続ける。

「普段、何か運動はなさっていますか」

「い、いえ……特には」

「では、お休みの日にはどんなことを？」

「昼まで寝てるか――たまに買い物も。妻の付き添いで」

セックスレスを咎《とが》められたからだろうか。直之は弁解するような口調になった。

かたや芹那は患者の股間を足蹴にしながら、その反応を愉《たの》しんでいるようだ。

「ご自分でされることはありますか」

「は？」

「オナニー。自慰行為です。先ほど奥さまとはない、と仰《おつしや》っていたので」

どういうことだろう。問診の最初から下半身の質問ばかりではないか。さすがに直之も、これは少しおかしいのではないかと思い始める。

しかし、ムスコを揉みしだく足指の感触は現実だった。女医は盛んに膝の向きを変えては、肉棒への刺激を変化させている。そのせいでタイトスカートの裾《すそ》がめくれ、ストッキング越しにローズレッドのパンティーが透けて見えた。

「そっちも最近はあまり……。ごくたまに」

「自分で性器を弄る？」

「くっ……は、はい」

「今も興奮なさっているんじゃないかしら」

「そ、そりゃあ――」

直之は今にも果てそうだった。肉棒は下着の中で先走り汁を吐いている。これではまるで蛇の生殺しだ。

「せ、先生。僕は……」

白衣の襟元《えりもと》から女医の柔肌が覗《のぞ》いていた。滑らかな肌は突き抜けるように白く、ブラウスのふんわりした膨らみに続いている。クリニックのサイトでは、芹那は三十二歳とのことだった。十分に成熟しているが、彼よりは三つ若い。全身から匂い立つようないい女だった。

ところが、芹那は何の前触れもなく脚を下ろし、肉棒弄りをやめてしまう。

「分かりました。工藤さん、あなたには特別な健康診断が必要なようですね」

はしごを外された直之は、虚《むな》しく半勃《はんだ》ちのムスコを抱えたまま答える。

「健康診断……ええ、そのつもりで伺《うかが》いましたので。しかし、特別というのは？」

「不安を与えたならごめんなさい。そうじゃないの、単純な話。工藤さんの場合、おそらく肉体的な問題はないと思うの」

「ええ」

「だけど、まったく問題がないわけじゃない」

「……そうでしょうか」

「体力の衰えは感じているわけよね。だったら、答えは一つ。男としての自信を取り戻せば、きっと元気になるはずよ」

芹那の口調には自信が漲《みなぎ》っていた。そうでなくても、そもそも直之は美人に弱かったのだ。人間ドックの相談をするつもりが、いつの間にか「特別な健康診断」とやらにすり替わっていたが、患者は主治医の勧めを拒みはしなかった。

「全て終わったら、また戻っていらっしゃい」

最後は妖艶《ようえん》な笑みで送り出され、直之はクリニックを後にした。

そもそも直之が神林クリニックを知ったのは、上司のお供《とも》で訪れたキャバクラでのことだった。

「渋谷でタクシーが捕まらなくてさ、イライラしたから新宿まで歩いちゃったよ」

「すごーい」

「部長世代の方は、やっぱり違いますね」

酒の席で上司の健脚自慢に付き合わされ、直之はキャバ嬢と一緒になって調子を合わせていた。

「何言ってんだ。お前らが体力なさ過ぎなんだって」

持ち上げられた当人はご満悦《まんえつ》だ。部下の追従《ついしょう》をアテにして、美味《うま》そうにグラスの酒をぐいっと呷《あお》る。

すると、一人のキャバ嬢が言い出した。

「部長さんの奥さんは幸せね」

大胆に肩を露出した黄色いドレスの娘は、客の空《から》になったグラスを引き取りながら、巧妙に話題を艶《つや》っぽい方向へ持っていく。

これにすぐ反応したのが、紫色のドレスを着たもう一人のキャバ嬢だ。

「えー、部長さんの年になっても、ちゃんと奥さんを愛してあげてるんだ。羨ましいな」

「ほかで遊ぶ体力だってあるぞ」

「やだー、エッチ」

ますます悦《えつ》に入る上司。黄色ドレスの娘が直之に話を振ってくる。

「工藤さんは？　奥さんを満足させてあげてる？」

「え、いや。僕は……」

「なんだ。工藤、お前セックスレスか」

上司にまで責められ、直之も白状せざるを得なくなった。

「情けない話ですけど、どうにも最近疲れやすくて――」

言葉を濁しつつ語り出すが、すでに部長は紫ドレスの舌足らずなキャバ嬢に夢中で、彼の話など聞いていない。

代わりに答えたのは、黄色ドレスの娘だった。

「それなら一度病院で診《み》てもらったほうがいいんじゃない？　あたし、評判のいいお医者さんを知ってるよ」

こうして神林クリニックを紹介してもらったのだ。かねて妻からも人間ドックを受けるよう言われていた直之は、これ幸いとキャバ嬢の提案に乗った。大きな病院で長時間拘束されるより手軽に思えたのだった。

親切なキャバ嬢は言った。

「そこの院長先生は、すごい美人だしね」

結局、一番の決め手はその一言《ひとこと》だったかもしれない。

芹那女医の健康診断プログラムは、確かに変わったものだった。一般的な人間ドックのように、一つの病院で一日のうちに様々な検査を受けるのではなく、受診科目ごとに違う病院に出向くというスタイルなのだ。

この場合、何度か病院へ行く手間はかかるが、一回の検査は短時間で済むため、仕事を休む必要がないというメリットもある。また、一連の検査にかかる費用も、一般的なドックに比べて格安で済むというのもうれしい。

初日は、仕事終わりの夕方に予約を入れていた。

最初に芹那から紹介され、直之が訪れたのは都心にある雑居ビルだった。

「ここ……だよな」

しかし、指定された住所には病院らしき看板も何もない。少し不安を覚えながら狭い階段を上り、三階の部屋をノックする。

「予約した工藤ですが」

「はい、お待ちしていました」

中からナース服の女性が現れたので、直之もひと安心する。

ところが、室内には他の患者はおろか、医師やスタッフの姿も見当たらない。がらんとしたフロアには、身長や体重の測定器があるものの、それ以外はベッドが一つあるだけだった。

（ここ、どう見ても病院じゃないよな……）

見たところ、空きテナントにそれらしき機器を並べただけに思える。何か大がかりな詐欺にでも遭《あ》っているんじゃないだろうか。直之の不安が頂点に達したとき、件《くだん》のナースが話しかけてきた。

「上着は、こちらのハンガーに掛けてください」

「あのう……つかぬことを伺いますが、健康診断の場所は本当にここでいいんでしょうか？」

直之が訊ねると、一瞬ナースは怪訝《けげん》そうな表情を浮かべるが、すぐに笑顔になって答える。

「失礼しました。わたくし、M総合病院に勤めております、清水恵子《しみずけいこ》と申します」

「はあ」

M総合病院と言えば、直之でも耳にしたことがある大病院だ。ナース服の胸に付けた名札には、ちゃんと病院名も記されている。年の頃は四十歳前後といったところだろうか。肩書きは、「内科・看護主任」とある。アップした髪に被《かぶ》るナースキャップも様《さま》になっており、落ち着いた態度にベテランナースの自信が窺《うかが》われた。

恵子は患者を丸椅子に座らせると、改めて説明を始める。

「今日は簡単な身体測定ですから、気を楽にしてくださいね」

「はあ。あの——」

「何でしょう？」

直之には訊ねたいことがいくつもあった。M病院に勤める恵子と芹那女医の関係であるとか、何故こんな人気のない雑居ビルで健康診断をするのかなど、不審な点は数え上げればキリがない。

しかし、恵子のホスピタリティに満ちた笑みを前にして、彼が口にしたのは患者らしい質問だった。

「シャツも脱いだ方がいいでしょうか」

「そうですね。体重も量《はか》りますので、正確さを期すならその方がいいと思います」

「では、そうします」

「そちらの衝立《ついたて》の後ろにカゴがあります。脱いだ服はそこへ入れてください」

「はい」

直之は返事すると、そそくさとパーティションの陰で服を脱ぎ始める。数々の疑問を抱えながらも、恵子の医療従事者らしい落ち着きの前では、自然とナースと患者の関係性が出来上がっていた。

「まずは身長から測りたいので、こちらへどうぞ」

「はい」

Tシャツとパンツ姿になった患者は、言われるままに測定器の上に立つ。

恵子は慣れた手つきで器具を扱った。

「173・2センチですね」

目盛を読み上げると、バインダーを取り上げて計測値を書き込む。

続いて体重も量られた。直之はメタボ一歩手前の数値にショックを受けるが、ナースの「工藤さんの年齢なら、ごく平均的ですよ」という言葉に慰められた。

いつしか直之は恵子を信頼し始めていた。大病院の主任ナースの肩書きは伊達《だて》ではないようだ。患者の扱いにも長《た》けており、安心して任せられるという気がした。

しかし、異常事態が起きたのは検温のときである。

「では、お熱を測《はか》りますので、そちらにお掛けください」

恵子が指したのはベッドだった。だが、それ自体に何ら違和感はない。直之は素直に言われたとおりにした。

すると、ナースも丸椅子を引き寄せ、患者の前に腰を下ろす。だが、その手には何も持っていないようだ。

不思議に思った直之は言った。

「あの……体温計はどちらに？」

当然の疑問に対し、恵子は艶然《えんぜん》と微笑《ほほえ》んだ。

「ご心配なさらずに。どうぞリラックスしてください」

「え……あ、はい」

どういうことだろう。不安を覚えながらも、なぜか直之の胸は高鳴る。こうして近くで眺めると、恵子はいい女だった。ナース服に隠されているものの、四十路《よそじ》の色香が全身から匂い立ってくるようだ。

「失礼します——」

心なしか艶《つや》っぽい声で彼女は言うと、前のめりになり、顔を近づけてくる。

（え……？）

そして、気付いたときにはナースの額が彼の額に触れていたのだ。母親が幼子《おさなご》の熱を測るような仕草だった。

「少しお熱があるみたい——。ですが、平熱の範囲ですね」

恵子はおでこをくっつけたまま言った。

一方、驚いた直之は呼吸すらままならない。女のいい匂いがした。避けることもできたはずだが、そうする気にはなれず、代わりにどこかノスタルジックな、それでいて下半身が疼《うず》くような昂《たか》ぶりを甘受するのだった。

そうして彼が固まったままでいると、やがて恵子が言い出した。

「わたし、人妻なんです」

唐突な告白に直之は返答のしようがない。それよりも、鼻を打つ彼女の甘い吐息を貪《むさぼ》るのに忙しかったのだ。

恵子は独白を続けた。

「このお仕事をしていると、どうしても生活が不規則になるでしょう？　そのことは亭主にも申し訳ないと思っているわ。でも――」

距離が近すぎるため、語る彼女の表情は見えない。直之は自分の鼻息が荒くなるのを感じながら、それを懸命に抑《おさ》えつつ、人妻ナースの声に耳を傾ける。

「――でも、わたしだって女だわ。たっぷり愛して欲しい夜だってあるのに、あの人ったら……」

「夫の勤めを果たしてくれないんですか」

ようやく直之の口から声が出た。彼にとっても耳の痛い話だ。

「ええ……。その、まったく無いってことではないのだけれど、おざなりというか、義務感だけというか。自分だけ済ませたら、さっさと寝てしまうの」

「それは酷《ひど》い」

それでも自分よりはマシか。直之は調子を合わせながらも、心の中で思った。気付くと額だけでなく、恵子は膝も擦《す》り寄せていた。ナース服のパンツ越しではあるが、女の温《ぬく》もりがひしひしと伝わってくる。

「でしょう？　女ですもの。欲求不満にだってなってしまうわ」

「ええ。分かります」

「だったら、ねえ――」

彼女は言うと、おもむろに舌をベロンと突き出してきた。

熟女の下卑《げび》た仕草に、直之は頭をガンと殴られたような衝撃を受け、本能的に差し出された舌にむしゃぶりついた。

「清水さんっ」

「ああっ、恵子と呼んで」

すると、ナースも待ちかねたように舌を絡《から》めてくる。ウットリと目を閉じ、身を擦り寄せるようにして、男の抱擁に飛び込んできた。

「レロッ、ちゅばっ……ふうっ、恵子さん」

「んんっ……みちゅっ、直之さんのキス、激しいわ」

「恵子さんこそ――いやらしい舌使いだ」

直之は口走りながら、夢中で女の舌を貪った。こんなに興奮するのは何年ぶりだろう。思いがけない出来事に、体の芯が熱くなってくる。

だが、恵子の入れ込みようは彼以上だった。

「横になってください」

息を荒らげつつも、ナースらしい指示を出し、患者をベッドに押し倒す。

仰向《あおむ》けになったおかげで、直之は改めて彼女の表情を見ることができた。

（一体、何が起きているんだ……）

わけの分からないうちに欲望に流され、半ば夢を見ているような気分になる。だが確実に言えるのは、目の前にいるのは欲求不満を抱えるひとりの熟女だ、ということだった。

恵子は半身をベッドに乗せ、直之の下着を脱がせてしまう。

「キスだけで、こんなになってくれたのね」

「うう……」

まろび出た逸物《いちもつ》は、はち切れそうなほど勃起《ぼっき》していた。

恵子の指が、肉棒の輪郭をなぞるように撫で回す。

「硬い……。形もいいわ」

「恵子さん……ああっ、そんな風に触られたら――」

「それに熱い。少しお熱があるのかしら。測ってみましょうね」

彼女は言うと、おもむろに頬《ほお》を太茎に擦り寄せた。

「ああ、血圧も正常のようね。ドクンドクン言ってる」

「ハアッ、ハアッ」

あまりの興奮に、直之は目眩《めまい》がするようだった。人気《ひとけ》のない雑居ビルのフロアで、本物のナースにムスコを頬ずりされているのだ。しかも、相手は人妻というおまけ付きである。いよいよ現実のこととは思えなかった。

「エッチな牡《おす》の匂いがする。たまらないわ」

やがて恵子は言うと、衝動的にペニスを咥《くわ》え込んだ。

「あむ……んふうっ、おいひ」

「はううっ、看護婦さんがそんなこと――」

「今は看護婦じゃなくて看護師、って言うのよ」

恵子は硬直を啜《すす》りあげつつも、彼の言葉使いを訂正する。

「すみません。気持ちよくてつい」

「いいの。ああん、美味《おい》しいオチ×チンね」

しかし、本心は呼び方などどうでもいいのだろう。彼女は肉棒を口いっぱいに頰張り、じゅるっ、じゅるっ、と音を立ててしゃぶりついていた。

「ハアッ、ハアッ」

直之は股間で蠢く人妻を眺めていた。激しく頭を上下させても、髪にピンで留めたナースキャップは乱れる気配もない。アップにしたうなじの後《おく》れ毛が、妙になまめかしかった。

「んふうっ、元気なオチ×チン。年齢の割に元気すぎるくらいだわ」

「そ、そうかな……」

「いつもこんな風に勃《た》つの？」

「う……それは」

興奮に駆られて訊ねているだけだろうが、直之には答える術《すべ》がない。実際、自分でも驚いているくらいだったのだ。

代わりに彼は恵子の尻に手を回した。

相変わらずわけが分からないままだが、こうなったら逆らわず、すぐそこに息づく女体を愉しみたい。

「あんっ、患者さんがそんなことしちゃダメよ……」

するとと、彼女はたしなめるようなことを言うが、フェラチオをやめることもなく、患者の悪戯《いたずら》を許した。

直之は熟女の丸い尻を撫で回す。

「いやらしいお尻だ」

「大きいでしょ。恥ずかしいわ」

「とんでもない。女の尻はこうでなくちゃ。それに奥の筋肉はちゃんと引き締まっている」

実際、恵子の臀部《でんぶ》は年齢の割に垂《た》れてもいない。毎日、忙しく立ち仕事をしている賜物《たまもの》だろう。

だが、不思議なこともあった。ナース服の上から触っているのだが、どこを撫で回してもパンティーラインが感じられないのだ。

直之がそのことを訊ねると、恵子は言った。

「Tバックを穿《は》いているの。パンツにラインが浮かないように」

四十路妻がファッションにそこまで気を遣《つか》っているのかと感心したが、どうやら理由はそれだけではないらしい。

「ふだんの患者さんが変な気を起こさないように、ね？」

「ああ……」

患者に欲情させないための工夫でもあるとのことだった。直之は納得する一方、事情を知ってしまうと、生尻の形が分かる方がかえって淫靡《いんび》な気もする。

肉棒を弄りながら、恵子が言った。

「見たい？」

Tバックのことだろう。もちろん見たいに決まっている。

直之が見守る前で、恵子はナース服を脱ぎだした。

「直之さんみたいな若い男性に見られるの、恥ずかしいわ」

「何言ってるんですか。いくつも変わらないでしょう？」

言い交わしながら、彼女はナース服のボタンを外し、前をはだける。

「だって、もう四十ですもの——」

ブラジャーは薄紫色の総レース飾り。カップに押し上げられた二つの膨らみは、思いのほか大きかった。

やがて恵子の手がパンツにかかる。

「あの人も、最初はわたしのお尻に惹《ひ》かれたのよ」

「ああ、確かに……綺麗だ」

ベッドに横たわる直之は、真っ正面から尻と向き合う格好になった。

人妻らしい恵子の尻たぼはボリュームがあり、深く切れ込んだ谷間にTバックが食い込んでいる。滑らかな肌には染みひとつなく、張り出した尻肉は聖母の輝きを放っていた。

「もっと近くで見て欲しいわ」

彼女は言うと、ベッドに上がり、足の方を向いて直之の顔に跨がってきた。

熟女の生尻が視界いっぱいに広がる。

「すごい……」

「見なくても分かるわ。直之さんの視線が熱い」

「いやらしい――顔を埋めたくなるよ」

Tバックのクロッチが、申し訳程度に割れ目を隠している。締めつけられた媚肉《びにく》がはみ出しているさまが、なんとも淫靡だった。

上になった恵子も興奮しているようだった。

「そんなエッチなことを言う患者さんにはお仕置きよ」

「どうするの？」

「オチ×チンが悪さしないよう、手術してあげるの」

彼女は言うなり、彼の顔面を尻で塞《ふさ》いだ。

目鼻口が覆《おお》われた直之は呼吸もままならない。

「うぷっ……ふうっ、ふうっ」

「手術の前に全身麻酔よ。深ぁく息を吸って」

現役ナースとのお医者さんごっこである。視界を奪われた状態で、直之は淫臭に包まれていた。芳《かんば》しい、牝《めす》の匂いだ。文字通り尻に敷かれるという恥辱《ちじょく》を強要され、しばらく遠ざかっていたはずの動物本能が、いやが上にも刺激される。

「すぅーっ、はあぁぁぁ」

「あんっ、そうよ。いっぱい吸い込んで」

「牝のいやらしい匂い……。湿ってる」

舌を差しのばすと、Tバックがずれて、濡れた花弁に触れた。

とたんに恵子の体がビクンと震える。

「あふうっ、ダメ……」

「美味《おい》し——おつゆが溢《あふ》れてきた」

「あっ、ああっ。まだ舐《な》めていいなんて言ってないわ」

勝手なことをする患者をたしなめる彼女だが、吐息混じりの声音《こわね》に悦《よろこ》びが隠せないようだ。

直之は顔に乗った尻を抱え、本格的に舐め始めた。

「レロッ、ちゅるっ、うま……」

「はううっ……んあっ、イイッ」

とたんに悶える恵子だが、こちらも負けじと太竿を扱《しご》き始める。

ほどよい締め付けが直之を襲った。

「ぐふうっ、うう……ちゅばっ」

しかし、押しつけられた媚肉から逃れる術はない。彼は呼吸を荒らげ、懸命に舌を伸ばし、牝汁を啜った。

股間では恵子が甘い吐息を漏《も》らしている。

「うふうっ……ああ、太くて、健康なオチ×チンね」

口走りながら、竿の表面を盛んに舐め立てるのだ。舌先で男の形を確かめているかのようだった。

顔面に尻を据え、自らも夢中で肉棒をしゃぶる四十路妻。Tバックはもはや下着の役割を果たしていない。

「溜めすぎも、体に良くないって知っている？」

ふと思い出したように恵子が言った。牝臭に夢心地の直之は答える。

「聞いたこと——あるけど」

すると、恵子の手が陰嚢《いんのう》へと伸びる。

「ほら、こんなにパンパン。良くないわ。若い子なら、とっくに夢精してしまっているくらいよ」

手はふぐりをしんねりと揉みしだき、二つ玉を転がすようにする。

悩ましい衝撃が直之を襲った。

「ぐはっ……おうっ、そんなにグリグリされちゃ——」

「精子が充満しすぎよ。しっかり代謝しましょうね」

「ハアッ、ああっ、恵子さん……」

手と口で、竿と玉をいたぶられ、快楽のあまり直之の思考が飛ぶ。人妻の匂いに包まれて感無量だった。

一方、恵子もこのしゃぶりしゃぶられに夢中だった。

「んぐ……男の匂い——んああっ、もう一生離さないから」

「恵子さん、ヤバイよ。俺——」

「ヤバイ？　何がヤバいの。わたしだって、とっくにおかしくなってるわ」

亭主への欲求不満を口にする四十路妻は、いまやナースという立場をも忘れ、目の前の逸物だけを見つめていた。

「んふうっ、んんっ……オチ×チンが、ピクピクしてきたみたい」

彼女に指摘されるまでもなく、肉棒は限界を迎えつつあった。普通に健康診断を受けるつもりが、いつどこでこうなってしまったのだろう。

「ハアッ、ハアッ。ああ、恵子さん、俺もうダメだ……」

口腔の粘膜が竿肌を熱くさせる。久しぶりの濃厚なフェラチオに加え、陰嚢マッサージまでされては、もはや辛抱などできるはずもない。

恵子のしゃぶり方も激しさを増していく。

「じゅるっ、じゅじゅじゅっ、んふうっ、出して」

「ハアッ、ハアッ、ハアッ。ああ、もうマジで……」

「じゅぷっ、じゅぷじゅるるっ、出したいんでしょう？」

「う……はい。もう、本当に――」

直之の声が震えを帯びていくにつれ、恵子は一層吸い込みを激しくした。

もはや限界だった。

「ううう、出るうっ！」

びゅるっと音を立て、口中に大量の精液が放たれた。数年来の快感が直之の全身を包み込み、頭が真っ白になっていくのを感じる。

「ぐふうっ」

「んぐっ……ごくん」

その大量の白濁液《はくだくえき》を恵子は嘔吐《えず》きもせず受け止める。喉《のど》を鳴らし、さも美味そうに飲み干してしまったのだ。

「ハアッ、ハアッ、ハアッ、ハアッ」

射精した直之は、しばらくものも言えなかった。結婚して八年、これまで何度か付き合いで風俗には行ったことがあるが、浮気らしい浮気はしたことがない。口舌愛撫とはいえ、初めての背信行為だった。

一線を越えた直之には、もはやためらいなどなかった。

「こんなにいやらしい体を放っておくなんて、神への冒涜《ぼうとく》だ」

いまやTバックもかなぐり捨て、全裸となった恵子を前にし、最大級の賛辞を浴びせる。

ベッドに侍《はべ》る恵子もまた、彼の肉体に邪《よこしま》な目を向けていた。

「男の人にそんなことを言われるの、久しぶり。うれしいわ」

「本当さ。例えばこのオッパイ――」

直之は言いながら、手で片方の乳房を揉みしだく。

「あんっ、エッチね」

「ほら。こんなに柔らかくて、揉み甲斐のあるオッパイはなかなかないよ」

手に余るほどの乳房は熟し切っていた。仰向けだと重みで脇の方に流れ、わずかに潰れたようになる様も食欲をそそる。

乳輪は小さく、白い肌とのコントラストが目に鮮やかだ。中心にある乳首はピンと硬く尖っていた。

直之はそれをそっと口に含《ふく》んだ。

「可愛い人だ――」

「あっ……」

とたんに恵子は甲高《かんだか》い声をあげる。身をうねらせ、太腿を捩《よじ》り合わせる仕草が実に愛らしい。

すると、彼女もお返しに肉竿を握ってくる。

「あなたのここも素敵よ。すごく反《そ》り返《かえ》っているの」

「ううっ……恵子さん……」

逆手《さかて》に扱かれ、呻く直之。たまらず彼も彼女の股間に手を伸ばす。

恥毛に覆われた割れ目はすでに洪水だった。

「あふうっ、ダメ。もう感じちゃうわ」

互いを褒《ほ》め称《たた》え合いながら、相互愛撫するふたり。一見ごく普通の男女の営みだが、それぞれに配偶者のいる点が、背徳の悦びを付け加えていた。

しかし、さらに特異なのは恵子の姿だった。

一糸まとわぬ人妻の裸体を曝《さら》け出しておきながら、頭にはナースキャップを着けたままだったのである。

これは彼女曰《いわ》く、アップにした髪を解《ほど》くと後が面倒だから、という理由らしいが、男に自分の付加価値を認めさせるための手管《てくだ》であるのかもしれない。

いずれにせよ直之からすれば、欲情をそそるお膳《ぜん》立てになるのは確かだった。

「綺麗だ。とってもいやらしいよ、恵子さん」

彼は乳房をしゃぶり、割れ目に指を這わせながら言った。

受け身の恵子が身悶える。

「ハァン、上手。直之さんの前戯って、すごく感じるわ」

「オマ×コもヌルヌルだ」

直之の中指がぬめった蜜壺に侵入する。

とたんに恵子は喘《あえ》いだ。

「んああっ、イイッ……直之さんの硬いのが欲しいわ」

顎を持ち上げ、浅い呼吸を繰り返すナースは淫靡だった。蕩《とろ》けた目が虚空を眺め、唇はもの問いたげにぽっかり開いている。

たまらず直之は人妻のうなじに吸いついた。

「ああ、いい匂いがする」

「ああん、いっぱい可愛がってちょうだい」

「恵子さん……」

「はううっ、欲しいの」

彼女は言うと、ペニスを握り込んできた。

直之に衝撃が走る。

「ぬあっ……そんなに強く」

「だって、こんなに硬く……さっき出したばかりなのに」

愛撫に我を忘れているのか、恵子はまるで搾乳《さくにゅう》するように肉棒を強く扱き立てる。

「恵子さんっ……おお、なんてスケベなナースなんだ」

直之は内心「看護婦さん」と言いたいところをグッと抑え、言った。さっき旧世代の呼称をたしなめられたばかりだからだ。

一方、恵子は純粋な肉欲に耽《ふけ》っていた。

「もうダメ……ちょうだい。お願い」

「何が欲しいの」

「ああん、意地悪。あなたの——直之さんのオチ×チンに決まってるじゃない」

「俺のチ×ポを、恵子さんのビチョビチョオマ×コに挿《い》れてほしいの？」

近年ない興奮だ。直之は調子に乗って、淫語で女を責め立てた。妻との営みではこうはいかない。きっと恵子の夫もそうなのだろう。

同じように人妻も不倫の悦楽に身を委《ゆだ》ねていた。

「挿れて。カチカチのオチ×ポで、わたしをグチャグチャにして」

恵子は言うと、おもむろに身を起こす。そのままどうするのか見ていると、彼女はベッドで四つん這いのポーズをとった。

「後ろからきて」

初手《しょて》からバックを所望され、直之は一瞬気を呑まれる。

だが、彼女の背後に回ると、そんな気後《きおく》れも一変した。人妻ナースの見事な尻に出くわしたからだ。

「ねえ、どうしたの。早くぅ」

「う、うん……」

焦《じ》れたのか、恵子が催促《さいそく》するように尻を振る。熟した尻たぼは丸々と威容をなし、まるで遙《はる》かに望む双子山を思わせた。これまでナースとして、また人妻として過ごしてきた四十年の人生経験の全てが詰まっているようだ。

そしてその谷間には、ぬらつく湿地が開けていた。

「ハアッ、ハアッ」

直之は息を荒らげつつ、立て膝になって尻山ににじり寄る。

恵子も期待に胸を喘がせていた。

「もう我慢できないわ」

「俺も──」

「おうっ……」

彼は両手で尻たぼを愛《め》でると、おもむろに硬直を突き立てた。

「ああっ」

肉棒はずるりとクレバスに埋もれていく。

気付いたときには、根元まで突き刺さっていた。

「ああ、直之さんでパンパンになっちゃった……」

吐息混じりに恵子が漏らす。腰肉の窪みが一層深くなったようだった。

かたや直之も挿入の悦びに浸《ひた》っていた。

「うう……恵子さんのオマ×コ、あったかい」

久しぶりの感触だった。妻との営みから遠ざかって以来、久しく忘れかけていたものだ。媚肉に包み込まれる達成感と、奮《ふる》い立つような胸のざわめきは、沈滞していた牡の猛《たけ》りを呼び覚ましてくれる。

「ぬあぁっ、恵子さんっ」

気付くと、直之は本能のまま腰を振っていた。

「あっひ……ああっ、すごいわ」

とたんに恵子も嬌声を上げる。愕然としたように頭をもたげ、犯される悦びを全身で表わした。

「ハアッ、ハアッ、おおっ、ふうっ」

「あっ、あんっ、イイッ、イイッ」

やがて抽送《ちゅうそう》はリズムを刻み始める。直之は熟尻を鷲掴《わしづか》みして支えにし、湿った洞穴にひたすらハーケンを打ち込んだ。

肉と肉がぶつかり合う音が、虚ろなフロアに鳴り響く。

「恵子さんのオマ×コ、気持ちよすぎる」

「ああん、わたしも。直之さんの元気なオチ×ポ好き」

「ヌルヌルだ。中がグズグズになって――チ×ポが溺れそうだ」

こなれた蜜壺は太竿を甘やかに包み込み、ぬめった膣壁が欲情を煽《あお》り立てた。

「ハアッ、ハアッ」

直之は夢中で腰を振った。セックスの悦びを味わうのは、久しぶりのことなのだ。ましてや妻以外の女とは何年ぶりになるだろう。

(俺は人妻とヤッているんだ)

めくるめく快楽に呆然としながら、彼は不倫の背徳感を意識していた。

一方、誘った恵子も罪の意識は感じているようだった。

「ああん、ダメ……こんなオチ×チンを味わっちゃったら、もう元には戻れないかもしれないわ」

肘を突き、頭を低くして尻を高く持ち上げながら、女としての悦びと人妻としての戒《いまし》めを口にする。

「直之さんにハマってしまいそう。わたし、悪い女ね」

懺悔《ざんげ》じみた言葉も、あるいは劣情を煽り立てる手管なのかもしれない。その証拠に、蜜壺は一層大量の湧き水を噴き出していた。

しかし、直之は淫《みだ》ら妻の奸計に自ら飛び込んでいく。

「ご亭主と比べてどう？　俺のペニス」

口に出してみると、なんとも陳腐な台詞《せりふ》に思える。だが男なら、一度は言ってみたい台詞でもある。

だが、恵子にはいらぬ心配だった。

「直之さんの方が、ずっと硬いわ。それにカリも張っていて――ああっ」

息を切らせながらも、逸物の好みを具体的に言ってのけた。

やはりこの女は生来の淫乱なのだ。自分の行為は棚に上げ、直之は男らしい単純な感想を抱くのだった。

「ハアッ、ハアッ、ううっ……締まる」

「もっと……んああっ、イイッ」

突かれるたびに声を震わせる恵子は、背中の反りをますます深くしていく。

「ハアッ、ハアッ、どうだっ」

直之は両手で尻たぼをわしゃわしゃと揉みしだき、人妻の肉体に溺れていた。熟した蜜壺に肉棒を絡め取られているようだ。

やがて恵子が感に堪《た》えたような声をあげた。

「んああーっ、ダメえええっ」

ナースキャップの頭を完全に伏せた恰好で、悦楽の極みに突入しようとしていた。その反動で蜜壺が締めつけられる。

いたたまれないような快楽が肉棒に襲いかかった。

「うおおぉ……」

唸《うな》る直之は本能的に身を伏せ、彼女の背中に覆い被さった。

「ああっ、あっ、イイッ」

「ふうっ、ハアッ、ハアッ」

そして釣り鐘のように揺れる乳房を両脇からつかみ取る。

「すごい。乳首がビンビンだ」

「ああん、だって……はううっ、もっと」

「こう？　ここがいいの」

直之は指先で乳首を転がすようにするが、恵子は伏せた頭を左右する。

「ううん、もっと強く。思い切りつねって」

「え……？　こう？」

言われるまま、恐る恐るつまんだ突起に圧力をかけた。

だが、恵子には物足りなかったようだ。

「うふうっ、イイッ……けど、もっときつくじゃなきゃイヤ」

「でも——」

「いいから。お願いっ」

再三懇願され、直之も腹を決める。「分かった」と言うと、今度は乳首を思い切り引っ張るように捻《ひね》り上げた。

「はううっ、そう。感じちゃうううっ」

すると、恵子はガクガクと体を震わせ喘ぐ。

耐えきれないのか一層身を伏せたため、たゆたう乳房がシーツに押しつけられて、潰れたようになる。

激しく乱れる人妻ナースに、直之は興奮を新たにした。

「なんてスケベな奥さんなんだ。最高だ」

「あなたも——直之さんも、これで営みがないなんて、信じられないわ」

「え……？」

直之は、恵子が思わずこぼした言葉に一瞬固まりそうになる。芹那が問診の内容を彼女に伝えていたに違いない。患者の秘密を漏らすのは医師のモラルとしてどうかと思うが、一連の健康診断に必要な情報共有なのかもしれない。

普段なら彼も、その疑問を恵子にぶつけていただろうが、今は熟女の媚肉に冷静な判断力を失っていた。

「ハアッ、ハアッ。うう、締まる……」

「あっふ……ああっ、いいわ。もっと突いて」

互いに悦楽への没入は深く、理性の入り込む余地はない。セックスレスの夫は久しぶりの挿入に酔い、欲求不満の妻は背徳の行為に身を捧げているのだった。

再び上体を起こした直之は、ラストスパートの体勢をとる。

「恵子さん……俺、もうイッちゃいそうかも」

すると、恵子もわずかに身じろぎし、肘を立てて抽送に身構えた。

「きて。全部出しちゃって」

「え。全部……いいの？」

すでに直之は助走を始めていたが、劣情に駆られているだけに、彼女の言葉の真意を問いただす。

うつ伏せの恵子は荒い息遣いのなか答えた。

「そうよ。直之さんの溜まっているの、わたしの中に全部出してっ」

「けっ、恵子さんっ――」

中出しへの許可証は、沈んでいた直之の本能を目覚めさせた。

「うおおおっ」

唸り声とともに、腰も壊れよとばかりに抽送を繰り出す。

とたんに恵子も嬌声を上げた。

「んあああーっ、イイッ。あふうっ、わたしもイッちゃう」

「ハアッ、ハアッ、おお……恵子さんっ」

「直之さんっ、いいわ。抉《えぐ》って」

「ぐはっ、締まる……」

太竿にぬめりがまといつき、媚肉が締めつける。心なしか、蜜壺自体がうねり始めたようだった。

「ハアッ、ハアッ、ハアッ、ハアッ」

直之は日頃の憂《う》さを忘れていた。

夫婦生活、会社での上司との関係、下半身への不安など、肉棒に走る愉悦《ゆえつ》の前ではみな霞《かす》んでいく。

恵子の喘ぎ声もますます大きくなっていった。

「んああーっ、ステキ。もっと激しく、滅茶苦茶にしてえっ」

きっと彼女は彼女で抱《かか》えるものがあるのだろう。仕事のストレスも尋常ではないだろうし、夫への不満もある。

普通のナースと患者の関係では、決してこうはならない。患者はナースを性的な目で見ることはあるが、一個人としてプライベートの悩みまで、思いを致らせるようなことはなかっただろう。

ベテランナースといえど、同じ人間であり、ひとりの女なのだ。

「恵子さん……恵子っ、イクぞ。出すぞ」

「きて。わたしも——はひぃっ、イクぅぅ」

媚肉は掻《か》き回され、白く泡立つ欲汁が花弁からあふれ出る。

「ハアッ、ハアッ、ハアッ、ああもう——」

「ひいっ、ふうっ。んああっ、ダメえええっ」

「恵子っ、恵子ぉっ」

「直之さん……直之ぃ、いっぱい出して」

結合部はグチュグチュと音を立て、悦びの大波がふたりを呑み込んでいく。

先に達したのは恵子だった。

「んあ……イイッ、イイッ、イクッ、イクうううっ！」

自らも小刻みに尻を振り動かしながら、頂《いただき》へと登り詰める。

「あふうっ、ダメ……」

そしてガクリと身を伏せたかと思うと、地球の裏側へ届けとばかりに声をあげた。

「あああぁーっ、イックうううっ」

「ぐはあっ」

その反動は直之にもすぐ返ってきた。彼女がイッたと同時に、膣壁が蠕動《ぜんどう》と収縮を繰り返し、肉棒を締め上げてきたのだ。

「出るっ！」

「あああぁ……」

大量の白濁液が胎内に吐き出された。さっき出したばかりとは思えないほどの量だった。

「おうっ、うっ。また――」

さらに蠕動が竿に残った汁も搾り取る。

やがて、恵子は果てた安堵でベッドに崩れ落ちた。ずるりと肉棒が抜ける。

「あふうっ。ああ……良かったわ」

「ハアッ、ハアッ、ハアッ、ハアッ」

しばらく直之は膝立ちのまま動けなかった。まだ勃起が収まらない肉棒からは、あふれ出た白露《しらつゆ》が垂れ落ちている。

かたや恵子はぐったりとうつ伏せに横たわり、やはり動けないのか、蛙のようにだらしなく脚を開いたままだ。

その尻のあわいには、肉棒と同じ濁《にご》った液が垂れ流されているのだった。

不思議な時間が流れていた。ガランとした廃墟のようなフロアで、身体測定器に囲まれて、全裸の人妻ナースと並んで寝ている。

直之はどこか夢でも見ているような、非現実的な感覚に襲われていた。

(俺は何をやっているんだろう)

今朝、家を出るときには普通の健康診断を受けるつもりだったのだ。それが、気がついてみると見知らぬ女とまぐわっていた。

「どうしたの。ボンヤリしちゃって」

恵子に声をかけられ、直之は我に返る。

「いや、ちょっと考えていたんだ。なんでこんなことになっているんだろう、って」

「わたしとこんな風になってること？」

恵子は言いながら、鈍重になった陰茎をつかんでくる。

「うっ……そ、そうだけど」

「うふっ。直之さんって感じやすいのね」

今もまだナースキャップを着けたままの人妻は、ゆっくりと肉棒を扱きながら言った。

「ねえ、さっきから思っていたんだけど——もしかして直之さん、神林先生から何も聞いていないの？」

「え？　どういうこと」

芹那は何を話してくれるはずだったのだろう。直之は優しい手扱きにウットリしながら聞き返す。

恵子は言った。

「やっぱり。普通の健康診断だと思ってたんだ」

「違うの？」

確かに芹那は「特別な」健康診断だと言っていた。つまり、これがその特別たる所《ゆ》以《えん》だというのか。人妻ナースとまぐわうことが。

太茎に指を絡めて揉みしだきつつ、恵子は説明を始めた。

「わたしたちはね、医療従事者だけがメンバーの裏サークルみたいなものなの。メンバーは女性ばかりなんだけど、こういう仕事をしていると、時間が不規則だったりして、なかなか出会いがないものなのよ」

「へえ、そういうものなんだ」

「うん。でね、そういった女性医療従事者たちが欲求不満を満たすために、神林先生が中心になって、男性との出会いを作ってくれたの」

なるほど、簡単に言えば、女性医療関係者限定の秘密クラブみたいなものか。その主催者が芹那というわけだ。

しかし、直之にはなお疑問があった。

「それならそうと教えてくれれば良かったのに。先生はなんで俺に対して騙《だま》し討《う》ちみたいなことをしたのかな？」

「そうねえ――」

恵子は考え込むものの、扱く手は止めない。

鈍重だった肉棒も、次第に大きくなってきた。

「――多分だけど、直之さんにはその方がいいと思ったからじゃないかしら。最初から教えていたら、身構えてしまうからとか何とか」

「だけど、そんなことってあるのかな。だって、曲がりなりにもこっちは患者として訪れて、向こうは医者……ううっ、そんな強く扱かれたら」

手のひらで亀頭を転がされ、直之の頭は思考が働かなくなってくる。

いまや恵子は体ごと間近に迫っていた。

「不安に思うのも分かるわ。でもね、神林先生は心療内科の専門家でもあるから、その辺りはちゃんと考えてのことだと思うの」

「ふうっ、ふうっ」

だが、もはや直之は話を理解する余裕などない。熟女のしんねりとした手技に翻弄《ほんろう》され、血流は股間に集中していった。

恵子の生暖かい呼気が顔にかかる。

「それとも、相手がわたしじゃ嫌だった？」

「そ、そんなわけ……ハアッ、ハアッ。恵子さんで良かったよ」

「わあ、うれしいこと言ってくれる。直之さんって優しいのね」

「お世辞じゃなく、本当に……ううっ。恵子さんの体、綺麗だし、色っぽくていやらしいし――」

芹那に騙されたことなど、もうどうでもいい気がしてきた。少なくとも嘘《うそ》をつかれたわけではない。それよりも、今この瞬間感じている愉悦に浸っていたかった。

「ところで恵子さんは、今日俺が来るって知っていたの？」

「ええ、神林先生からカルテは頂いているわ。あらかじめ患者さんのことを知っていた方が、こちらの処置もしやすいもの」

「なるほど、カルテね……」

最初から仕組まれていた感じは否《いな》めないものの、自分の相談内容を思い返してみると、芹那の処方は決して間違っていない気もしてくる。

すると、恵子がおもむろに身を起こした。

「あん、もうお喋《しゃべ》りには飽きてきちゃった。またオチ×チン舐めてもいい？」

「え……うん」

直之が返事をする間にも、すでに彼女は股間にうずくまっている。

「また大きくなってる。エッチなオチ×チンね」

そう言うなり、恵子はパクリと逸物を口に含んだ。

戦慄《せんりつ》が、果てた後の肉棒を襲う。

「はうっ……まだ汚いから」

直之は身悶えつつも、白濁と牝汁に汚れていることを指摘した。

だが、恵子はまるで意に介することもなく、怒張にむしゃぶりつく。

「じゅるっ、じゅるるっ。んふう、美味しい」

「ううっ、ほんとにスケベな奥さんだ」

「おひんひんだいひゆき——」

口中にたっぷりと唾液《だえき》を溜め、恵子は無心でストロークを繰り出す。

気付いたときには、ペニスは硬く反り返っていた。

「また恵子さんが欲しくなってきちゃったよ」

直之は我ながら旺盛な精力に驚いていた。これほど連続で欲したのは、新婚時代以来ではないだろうか。

だが、彼の欲望は淫乱な恵子あってのものだった。

「わたしも欲しいわ。たくさん愛して」

彼女は言うと、顔を上げて仰向けに倒れる。

それに合わせて直之が覆い被さった。

「恵子さんっ」

「ああっ、きて」

人妻の口舌奉仕で勃起した肉棒を上から突き刺す。ぬらつく花弁はよだれを垂らしてそれを呑み込んだ。

媚肉の温もりが硬直を包み込む。

「うはあっ、気持ちいい……」

「わたしも——ああっ、奥に当たってる」

恵子はウットリとした表情を浮かべ、下腹部の充溢感《じゅういつかん》を味わっている。

ゆったりとしたリズムで直之は腰を振り出した。

「ハアッ、ハアッ」

「あっ、あんっ、イイッ」

結合部がぬちゃっ、くちゃっ、と湿った音を立てる。直之が腰を引いたとき、太竿を咥え込む花弁が引っ張られる様子が、まるで縋《すが》りついて離すまいとするようだ。四十路妻の快楽への執着を表わしているようだった。

「あふうっ、カリが……奥で擦れるの」

「気持ちいい？」

「ええ……。ああん、気持ちよすぎて勝手に動いちゃう――」

口走ったかと思うと、下になった恵子が腰をくいっ、くいっ、と突き上げてくる。

倍増した摩擦が肉棒を襲った。

「くはあっ、うう……それ、ヤバイよ」

「どうして。もっと奥に……掻き回して欲しいの」

直之が弱音を吐くのと裏腹に、恵子はさらに激しい抽送を願った。

「ハアッ、ハアッ」

貪欲なナースの求めに直之は劣情を募《つの》らせた。だが反面、愉悦に溺れる肉棒は解放の一瞬を訴えてくる。

「くうっ……」

そこで直之は人妻の太腿を脇に抱え、挿入の角度を変えながら一気に昇り詰めそうなのを堪《こら》えた。

尻を浮かせた恵子は下からの突き上げがままならず、受け身に喘ぐしかない。

「ンハアッ、ああっ、奥に響く――」

「ハアッ、ハアッ。いやらしい奥さんだ」

「直之さんのオチ×チンも……ああん、悪い子ね」

恵子は言うと、彼の背中に脚を巻き付けてきた。

勢いで直之の腰が引きつけられる。

「ぐふうっ……恵子、さん……」

「ああっ、あああっ、先っぽが当たってるの」

恵子は媚肉を擦りつけるようにして喘ぎながら、今度は両手で彼の顔をグッと引き寄せた。

「ステキよ、直之さん」

「恵子さんも、可愛い人だ」

言っている途中で恵子が舌を絡めてくる。

「んふうっ、直之さんとなら何度でもイケそう」

「俺も……ああ、奥さん」

執拗なキスが唾液の音を響かせる。

恵子は貪欲な女だった。だが、彼女とて誰彼構わずというわけではなかろう。ベテランナースは芹那からカルテを受け取っていたという。つまり、直之が「患者」と分かった上で、この場を設けたことになる。

「恵子さん……むふうっ」

上下の口でがっちり絡め取られ、牝臭がムンと鼻をつく。

恵子は脚を巻き付け、夢中で媚肉を押しつけてきた。

「んふうっ……はうっ、あはあっ」

「恵子さ――ぷはあっ」

直之は息苦しさに堪えきれず、ついに唇を解いた。

「このまま最後までイクよ」

「ええ、きて」

見上げる恵子の瞳は潤《うる》んでいた。女と生まれたからには、その悦びを最後のひとしずくまで味わい尽くそうとするようだ。

「あなたが欲しいの――」

「恵子さん……」

このとき直之は、欲望に忠実な恵子を美しいと思った。男にとってナースはある意味特別な神聖さを表わす。その聖女が欲求のままに従い、抽送に乱れる姿を目撃できるのは、それこそ選ばれし人間だけなのだ。

「うはあっ」

たまらず腰を打ち付ける。ぬめった媚肉は太茎を呑み込んだ。

恵子の体がビクンと震える。

「あっひぃ……奥に響くぅ」

「俺も——ああ、襞《ひだ》が絡みついてくる」

「ステキよ。もっと突いて」

「この……つくはあ、たまらん」

「いいわ。いいのっ」

ガシガシと体を揺さぶられ、いつしか恵子の脚は解けていた。

直之は女を押さえ込むようにして、最後の力を振り絞る。

「ハアッ、ハアッ。ぬああっ、恵子ぉっ」

「んあっ、イイッ。すごいの、おかしくなっちゃう」

恵子は荒い息を吐き、柔肌に汗を浮かべている。重みに潰れた乳房を揺らし、宙に浮いた脚はブラブラと行き場をなくしたようだ。

怒張は煙を立てるかのように、花弁を出たり入ったりした。

「ぬおぉ……もうダメだ」

「いいよ。イッて。わたしもまた──」

応じた恵子が息を呑む。

「んあああーっ、ダメえええっ」

そして恍惚《こうこつ》として顎を持ち上げ、悦びの声をあげた。

同時に太腿が直之を締めつけてくる。

「ぐふうっ、恵子さ……待ってて っ」

「あっ、あっ、ああっ、あんっ」

だが、恵子は聞いていなかった。それより自分の悦楽に夢中で、昇り詰めることしか頭にないようだ。

たまらず肉棒は限界を迎えた。

「ああぅっ……出るうっ」

「あああ、イイッ……」

大量の白濁が放たれると、恵子は四肢をピンと伸ばし、白目を剝《む》いた。

蜜壺に細かい震動が走り、直之は残り汁まで搾り取られる。

「はううっ、ううっ」

「んふうっ──」

恵子の指がシーツをつかむ。足先は反り返っていた。

「んあああーっ、イクううーっ！」

そしてひと際《きわ》高く喘ぐと、魂が抜けたようにガクンと脱力したのだった。

イッたのだ。しばらくはふたりとも身動きすらできなかった。

「ハアッ、ハアッ、ハアッ、ハアッ」

「ひいっ、ふうっ、ひいっ、ふうっ」

恵子も満足げな表情を浮かべている。その顔に直之も充実感を覚えていた。

「すごく良かったよ。こんな風に感じたのは久しぶりだ」

彼は素直な感想を述べた。今では、芹那の特別な健康診断プログラムに出会えて良かったとすら思っている。

恵子は絶頂後の夢見心地のまま答えた。

「わたしも。何より直之さんが元気になってうれしいわ——ううん、ちょっと元気すぎるくらいかしら」

「全部、恵子さんのおかげだな」

実際、妻への罪悪感もないわけではない。しかし、自分が牡であることを証明できたことには満足していた。

「次の健康診断も頑張ってね」

恵子はそう言って送り出してくれた。意気揚々と帰宅した直之は、その晩、久しぶりに夢も見ずぐっすりと眠りに就《つ》いたのだった。

第二章　女子医学生の直腸検査

朝、直之は爽やかな気分で目覚めた。体が軽い。これも芹那女医監修による「健康診断」のおかげだろうか。

着替えると、いつものように朝食を食べ、出勤の時間を迎える。

「このゴミ、出しておくよ」

彼は目に付いたゴミ袋を手に取ると、当たり前のように玄関へ向かった。

キッチンで洗い物をする妻が驚いたように言う。

「え……？　あー、うん。お願いね」

「行ってきます」

「行ってらっしゃい」

心なしか、妻の返事にはいつもより優しさがこもっている気がする。

これまでの直之は、ゴミ出しなど妻に言われなければしようとしなかった。しかし恵子との一件があってから、胸のモヤモヤが晴れたというか、妻との関係も新しい目で見ようと前向きな気分になっているのだ。

あるいは、単純に人妻と浮気したことへの罪悪感から免《まぬが》れようとしているだけだろうか。

ともあれ、あれから二日が経った。芹那から健康診断場所の連絡はなく、自分から電話するのもためらわれた。何しろ相手は忙しい女医である。それに対し、直之は「患者」であって「患者」ではないという、妙な引け目があったからだ。

（恵子さんとは三発もイケたし、これ以上の特別な健康診断は、必要ないと思われてしまったのかな――）

相談内容が精力減退であったことを思えば、女医が問題なしと判断してもおかしくはない。むしろ、当初の問診に対する答えが虚偽だったと疑われかねないほどだ。

だが、相変わらず妻との営みが遠ざかっているのは事実であり、あの一件以来もいい雰囲気になることすらない。

直之は待っていた。勤務中も仕事に専念するフリをしながら、焦《こ》がれる思いで連絡を待ちかねていた。

そして昼過ぎ、ようやく待望のメールが芹那から送られてきた。

〈前回はお疲れさまでした。会員からの報告で、これまでのところ所見は順調のようです。この調子で頑張ってください〉

とあり、次の健診会場を添付してあった。S大学病院とある。日程もいくつか候補が記されており、そのなかで直之は比較的暇な翌日午前中を選んだ。

そして翌日、出勤した直之は適当な理由を付けて朝から外回りに出た。太陽がすっかり昇っても吐く息は白く、冬枯れの街路樹が行き交う人を急ぎ足にさせる。

S大学病院は湾岸地区に古くからある総合病院である。広いロータリーには路線バスの停留所もあり、そびえ立つ建物はまさに白亜の館であった。

（こんな所で大丈夫だろうか）

伝統ある大病院の厳《いか》めしさに圧倒され、これからしようとしていることを思うと、思わず二の足を踏みそうになる。

だが芹那の案内によると、彼が訪ねるべきなのは病院ではなく、併設された医科大学の方だという。

「来栖未央《くるすみお》さんはいらっしゃいますか」

医大の受付で申し出ると、五分ほど待たされた後、ロビーに本人がやってきた。

「お待たせして申し訳ありません。担当の来栖です。どうぞこちらへ」

「あ、はい……」

現れた女性を見て、直之は意表を突かれた。かなり若い。二十歳そこそこではないだろうか。白衣にも、まだどこかぎこちない感が拭《ぬぐ》えなかった。

先に立って歩く未央に対し、彼は思った疑問を投げかける。

「先生は、その——大学の方にお勤めですか？」

すると、白衣の令嬢は慌てる素振りで答えた。

「先生だなんて……やめてください。わたしまだ学生ですから」

「え……そうなんですか」

「はい……。とにかくこちらへいらしてください」

なんと未央はまだ女医ではなく、女子医学生だったのだ。年齢も二十三歳だという。道理で若いわけである。四十路妻の恵子の後なので、直之は振れ幅の大きさにとまどいを禁じ得ない。

構内の廊下を渡り、未央が立ち止まったのは更衣室の前だった。

「こちらで着替えてもらえますか」

彼女は言うと、持参した紙袋を渡してくる。中には白衣が入っていた。

「あの、これは……？」

「学校にバレるとマズいんです。神林先生にもそうするように言われました」

未央の説明は要領を得ないが、どうやら学内に部外者がうろついていると思われてはいけないらしい。細面《ほそおもて》の知的な美貌に、不安が色濃く表われている。

気の毒になった直之は、素直に紙袋を受け取った。

「分かりました。着替えてきます」

「お願いします。あ、男子更衣室はこっちです」

「はい。では、少し失礼します」

更衣室でスーツを脱ぎ、直之は生まれて初めて白衣に袖を通した。どこかくすぐったい気がする。しかし壁の姿見《すがたみ》に自分を映してみると、なかなかどうして医師っぽくも見えるではないか。

「お待たせしました」

再び廊下に戻るが、未央の反応は薄かった。

「三階にわたしの研究室がありますので、そちらへ」

「はい」

直之は少し残念に思うが、仕方のないことだろう。恵子に比べ未央は若く、まだ経験も浅いはず。欲求不満の人妻というわけでもなく、初対面の彼と「健康診断」に至るのは生半可《なまはんか》な覚悟ではないに違いない。

しかも、ここは雑居ビルの一室ではない。隣の病院には多くの医師や患者がひしめき、大学も大勢が行き交っている環境だ。彼に白衣を着させるカモフラージュを施《ほどこ》したのも、悪目立ちしないためだろう。

だが、医師のフリをして美人医大生と並び歩くのも悪くない。

そんなことを考えているうちに、三階の研究室に到着した。

「こちらです。お入りください」

「失礼します――」

直之が部屋に足を踏み入れるなり、未央は急いでドアの鍵をかける。

「あー、良かった。誰にも気付かれなかったみたい」

よほど安心したのか、彼女は大きく息をつき、二十三歳らしい砕けた言葉使いで感情を吐露《とろ》した。

研究室には、所狭しと機材や実験道具が並んでいた。デスクやベッドもある。未央はデスクの椅子に腰掛け、直之には丸椅子を勧めた。

白衣の魔力で気の大きくなっていた直之は、そんな彼女を労《いたわ》るように声をかける。

「だけど、芹那さんも意地悪だよね。こんなのヤバいに決まってるのに」

「ええ……。でも、神林先生にはわたしからお願いしたことですから」

事情を訊ねると、未央は代々医者の家系に育ったという。当然のように彼女もまた医師の道を志し、昔から成績も良かったようだ。

「――だけど、医大に入って気付かされました。わたしって、実戦に弱い人間なんだって。プレッシャーにすぐ負けてしまうんです」

彼女曰く、特に患者相手が苦手らしく、座学では優秀でも、実際に患者を前にすると、まともに問診もできない有様だという。

「それで、あるとき知人を通じて神林先生と出会ったんです。先生に悩みを相談すると、『それならいい方法がある』と言って、今回のことをセッティングしてくれたんです」

「なるほど。まずは人間に慣れろ、っていうことなのかな」

「ええ。だと思います」

話の流れから、どうやら未央はこの「裏健診」は初めてらしい。実はロビーで会ったときからずっと緊張していたのだろう。

一方、直之は二回目だった。初回は彼が緊張していたが、今日は落ち着いている。

相手がひと回りも年下というせいもあるが、自分も白衣を着ていることから気後れしないでいられるのかもしれない。

「大丈夫だよ。取って食ったりしないから」

彼は冗談を言って、気を和《なご》ませるつもりだった。

しかし、それくらいで未央の硬さは解れない。

「分かっています。でも……」

「怖いの？」

直之は言いながら、徐々ににじり寄っていった。初対面で美人とは思ったが、改めて見ると、未央は若いだけでなく、そこはかとなく品の良さが漂《ただよ》っていた。

いかにも良い家庭で育ったお嬢様といった感じだ。後ろにまとめた長い髪も艶やかで、つるんとしたおでこが聡明さを表わしている。スッと伸びた細い首筋も美しく、華奢《きやしや》な肩が男の庇護《ひご》意識を掻き立てた。

「来栖さん……未央ちゃんでもいいかな」

直之は声をかけながら、丸椅子を滑らせて、未央の背後に回る。

長い髪からふんわりと甘い香りがした。無意識に吸い寄せられてしまう。

「可愛いね――」

白衣の背中を抱えるように、後ろから腕を回す。思った以上の華奢な体に興奮はいや増し、自ずと膨らみの辺りをまさぐろうとした。

「イヤッ――」

ところが、未央は意外なまでの拒否反応を示した。彼の腕を振りほどくようにして距離をとったのだ。

彼女をリードするつもりでした行為が否定され、直之は少しショックを受ける。

「ごめん。俺はただ……」

「ううん。わたしこそ、ごめんなさい。突然だったから」

そこでさらに新しい情報が追加された。未央は男性経験自体少なかったのだ。

「――だから、あくまで実習という形をとっていただきたいんです。工藤さんにはご迷惑でしょうけど」

「いや、俺は構わないよ。だって、一応健康診断なんだしね」

「ありがとう。じゃあ、申し訳ないんですけど、これに着替えてもらえますか」

また着替えだ。手渡されたのは入院着だった。これでまた医者から患者に鞍替えというわけである。だが、直之はちっとも嫌ではなかった。何しろ可愛い女医の卵と「お医者さんごっこ」ができるのだ。

「着替えは、そのパーティションの陰でお願いします」

未央に促《うなが》され、直之は入院着を持って着替えに立つ。

ところが、渡された服は見たこともない代物《しろもの》だった。入院着と言えば、長いガウンのようなものか、セパレートになった作務衣《さむえ》風を思い浮かべていたのだ。

思わず直之は衝立の陰から声をかけた。

「すみませんけど……。これ、どうやって着たらいいのかな?」

「エプロンのように前から袖を通してもらって、首の後ろにある紐を縛って留めてください」

「なるほど」

「あと、入院着の下は何も身に着けないでくださいね」

「あの……パンツも?」

「そうです」

未央の答えは簡潔だった。ロビーでの緊張ぶりと比べ、落ち着いた口調で揺るぎない態度である。

(まあ、専門家が言うんだから、そういうものなのかもな)

餅は餅屋といったところか。直之は素直に服を脱ぎ、言われたとおりに入院着に袖を通した。

しかし、出来上がったスタイルはお世辞にも格好良いとは言えない。前から見る分には半袖のワンピースのようだが、背中がスカスカだったのだ。アメリカの医療ドラマに出てくるような、尻が丸出しになるタイプの服だった。

「一応、着替えてみたけど――」

尻がスースーする。直之は気恥ずかしさを覚えつつ衝立から姿を現した。逸物を包むものがないのも、どこか頼りない感じだ。

一方、未央は慣れているのだろう、彼の羞恥《しゅうち》など意に介していない。

「では、工藤さん。ベッドにいらしてください」

「はい……」

さっきまでの彼女とは、まるで別人のようだ。医者の権威を感じさせる決然とした態度に、直之もつられて患者らしく素直に従った。

彼がベッドの隅《すみ》に腰を下ろすと、未央も椅子を立って近づいてくる。

「横になってもらえますか」

「あ……はい」

直之は慌てて仰向けに横たわる。白衣をまとっていたときの自信など吹き飛んでしまったようだ。

反面、未央は輝きを増している。彼を男ではなく、一人の患者として見ているのだろう。

しかし彼女の目の色には、どこか暗い影が宿っているようにも見えた。

「工藤さん、今度は横を向いてもらえますか」

「はい——先生」

こうなったら、とことんまで付き合うしかない。彼女が実習のスタイルを望むのであれば、自分は患者に徹するしかあるまい。

「軽く膝を曲げて、リラックスしてくださいね」

未央は指示しながら、彼の体を後ろに向けさせる。

「うう……」

直之は羞恥に呻いた。ひと回りも年下の娘に、尻を曝《さら》け出しているのだ。自分が酷く無防備になった感じがする。

すると、背後から未央が告げた。

「これから直腸検査をします」

「直腸——検査、ですか？」

「はい。お尻からカメラを通すので、少し苦しいかもしれませんけど、ちょっとだけ我慢してくださいね」

（ウソだろ……）

言葉には出さないものの、直之は正直混乱していた。そこまで本格的な医療行為をするとは思わなかったからだ。

その間にも未央「先生」が、機材の載ったカートを引き寄せて、着々と検査の準備をする音が聞こえてくる。

直之がたまらず振り返ると、未央はゴム手袋を嵌《は》め、ボトルからローションを手に塗りつけていた。

「カメラが入りやすいよう、お尻にローションを塗りますので、冷たかったりしたら言ってくださいね」

「はい……」

「失礼します――」

やがて尻の谷間に冷たい感触が走り、直之は思わず首をすくめた。

「う……」

「ごめんなさい。冷たかった？」

「いえ、大丈夫です」

だが、冷たさはすぐに消えた。未央は尻の中心部を特に念入りに塗布した。そのしなやかな指の感触と手の温もりが、ゴム手袋越しにも伝わってくる。

間もなく下準備は終わり、ついに直腸検査だ。直之はこれまでの人生で尻に異物を挿入したことはない。不安を口に出さずにはいられなかった。

「先生、こういうの初めてなんですが」

未央の手には、柔らかい管のようなものが握られている。口調や態度から見るに、こうした処置には慣れているのだろう。

「すぐに終わりますから、大丈夫ですよ」

彼女は言うと、空いた手で彼の尻を押し広げてきた。

「くうっ……」

羞恥に駆られた直之は、思わず目を瞑《つむ》っていた。なんでこんなことになったのか。芹那から通知をもらったときの期待と興奮は、すでに遠い過去だった。

「それではカメラを挿入します。力を抜いてください」

「はい……うぐっ」

肛門を異物が押し広げる感覚に声が漏れてしまう。苦しいと言うほどではないが、何か大事なものを犯されているという気もしてくる。

「苦しくないですか」

「だ、大丈夫です」

実際、入口を越えるとだいぶ楽になった。しかし、二十三歳の乙女にアヌスを見られているという羞恥心は拭《ぬぐ》いきれない。

未央が言った。

「こちらをご覧ください。これが工藤さんの腸内の様子になります」

彼女はカートに載ったモニターを患者に見やすいよう移動させる。

画面には内臓らしきものが映し出されていた。

「これが俺の――」

「ええ。特に異常は見られないようですね。とても健康な腸ですよ」

「はあ、そうですか」

淡々と所見を語る未央は医師然としており、おのずと直之の態度もしおらしくなる。

出会った当初の緊張感はどこへやら、いつしか普通の健康診断らしくなっていた。

だが、やがて普通ではない出来事が起こる。

「工藤さん、お酒は召し上がりますか」

「付き合い程度には。それほど強くないので」

「暴飲暴食もなさっていないようですね。腸年齢は二十代と言ってもいいでしょう」

未央が言いながら触診を始めたのだ。それも男性器の辺りを。

予想外の展開に直之は驚く。

「はう……せ、先生?」

だが、未央は何も答えない。知らないうちに手袋は外されていた。彼女は素手でペニスの根元をつまむようにし、指先で転がすように弄りだした。

思わず直之が仰《あお》ぎ見ると、女医の卵は顔を赤らめた。

「あまりこっちを見ないでください。恥ずかしいから」

「未央先生、これも検査なんですか」

「そうです……。その、前立腺に異常がないかどうか」

だが、明らかに医療行為ではなかった。若い娘が恥じらいながらも、逸物をまさぐる姿がなんとも愛らしい。触り方にはまだぎこちなさが残るが、そこがまた直之の劣情をそそった。

気付いたときにはペニスは反り返っていた。

「ハアッ、ハアッ。先生、何だか動悸《どうき》が激しくなってきたのですが」

「海綿体に血流が集まっているからですね。正常な反応です」

未央は懸命に医師らしく振る舞おうとするが、その声は上擦《うわず》ってしまう。

直之は息を荒らげる。アヌスにはカメラが挿入されたままだった。

「せ、先生。精巣の異常も確認してもらえますか」

「ええ……もちろん」

彼女は言うと、陰嚢を手で包み込んで揉みほぐす。

「ううっ。未央先生の手つき、エッチなんですけど」

「イヤッ、言わないで」

直之に煽るようなことを言われ、未央もつい立場を忘れた口調になる。

しかし、手淫はやめようとしない。

「こんなに硬くなって――精巣の活動も問題なさそうですね」

「もう我慢できないかもしれない……」

直之はたまらず仰向けになり、自ら入院着をはだけてしまう。肉棒は怒髪天を衝《つ》き、先っぽから透明の先走り汁を吐いていた。

「未央先生――」

恐らく彼女はここまでの展開を前もって考えていたに違いない。実習の形にこだわったのも、そうしなければ次の段階へ進めないからだ。

直之は、そんな未央の健気《けなげ》さに一層の興奮を覚えた。

「ああ、未央先生。下から見上げても綺麗だ」

「顔を見ちゃイヤ」

「だったら——、先生のおっぱいが見たい」

尻から管を生やし、硬直を晒《さら》しているのだ。直之は、自分だけみっともない恰好をさせられているのは不公平だと訴えた。

すると、未央はためらう様子を見せるが、やがて決意したように言った。

「分かりました」

なんと彼女は肉棒を握ったまま前屈みになり、空いた手で白衣の下に着たシャツのボタンを外し始める。

「ハアッ、ハアッ」

その様子を直之は興奮も露《あら》わに見守った。

未央がシャツをはだけると、二十三歳の柔肌と、膨らみを包む純白のブラジャーが現れた。

「ブラも取ってくれなきゃ」

「ええ……」

今度は未央が羞恥に苛《さいな》まれる番だった。どうするか眺めていると、彼女は大胆にも片手でブラを引っ張り上げてしまうのだった。

ぷるんとまろび出た膨らみは、スレンダーな体に合った、ほどよく丸い形をしていた。乳輪は小さく、ピンク色の乳首がちょこんと居座っている。

「ああ、なんて綺麗なおっぱいなんだ」

「恥ずかしいわ……」

あられもない恰好で、羞恥に耐えつつ手扱きに励む姿が愛おしい。

「ハアッ、ハアッ。ああ、たまらないよ」

直之は愉悦に喘ぐ。未央が手を上下に動かすたび、お椀型《わんがた》の乳房も一緒に小さく揺れる様がいやらしい。

一方、未央は未央でこの異常なシチュエーションに興奮しているようだった。

「どんどん大きくなっていくみたい」

「ううっ、エロいよ。未央先生」

「カウパー氏腺液が、こんなにいっぱい溢れているの、初めて見たわ」

「未央先生の乳首も尖っているよ」

直之は言うと、片手を伸ばし、柔らかい乳房を揉みくちゃにする。

「はうっ、ダメ……」

とたんに未央は身を捩るが、今度は逃がさない。手のひらに収まる膨らみは手に吸いつくようだった。

「ああん……」

小さく声を漏らし、恥じらう姿がたまらない。それでも感じているのか、肉棒を握る手にも力がこもる。

直之はこれ以上我慢できなかった。

「おうっ……ダメだ。もう出る——イクッ」

佇立《ちょりつ》する肉棒から白濁液が噴水のように飛び出した。

その勢いに、未央も思わず声をあげる。

「あっ——」

「うはあっ、未央先生……」

気付いたときには、一滴《いってき》残らず射精していた。ゆっくりと扱き収める未央の手にも、たっぷりと精液がかかっているのだった。

その後、尻からカメラが抜かれ、直之はティッシュで肉棒の汚れを拭《ふ》いた。

「触診の結果はどうでした」

問いかけると、未央は機材を片付けながら答えた。

「問題ありませんよ。機能は正常だと思います」

「いや、そういうことじゃなくて」

起き上がった直之は、なお執拗に問い詰める。股間の逸物は射精後も勃起したままだった。

女子医大生の着衣を乱した姿は悩ましかった。白衣の裾から覗く脹《ふく》ら脛《はぎ》も美しく、二十三歳らしい渋皮の剝けた輝きが目に眩《まぶ》しい。

直之はベッドから下り、ゆっくりと未央に近づいていく。

「今度は俺の番ですよ、未央先生」

「イヤ……」

後ろからそっと肩を抱くと、彼女は蚊の鳴くような声で言った。だが、本気で拒む様子は見られない。

気をよくした直之は、女の髪に顔を埋める。

「あー、良い匂いがする」

「工藤さん——」

「俺をこんな風にしたのは未央先生、あなたの方なんですよ」

未央が驚いたような声をあげる。直之が硬直を尻に押しつけてきたからだ。

「アヌスにカメラまで挿《い》れられて──、もう我慢できないよ」

彼は言いながら、回した手で愛らしい乳房を揉みしだいた。

とたんに未央は身をすくめる。

「あんっ、いけないわ。こんなこと」

「神林先生にも言われたのでしょう？　ここで俺と、その『健康診断』をするように、って」

「うん……」

とっさに出たのだろう。医師らしからぬ甘えた返事が可愛い。

「未央ちゃんっ」

直之はたまらず彼女を抱いたまま、ベッドになだれ込んだ。

スレンダーな肢体は逆らうこともままならず、シーツにどさっと倒れ込む。

「ああ、ダメ……」

すかさず直之は覆い被さり、愛らしい唇を塞いだ。

「可愛いよ、未央」

「んっ……直之さん――」

彼が舌を伸ばすと、歯で閉ざされた関門はあっさり破れる。さらに彼女の方からも、おずおずと舌が伸ばされてきた。

「ふぁう――未央のベロ、美味しい」

「ちゅぱっ……あん、直之さんのキスいやらしい」

医師として名高い一家の令嬢といえど、やはり女だった。自ら告白したように男性経験が浅く、どう振る舞っていいか分からないだけで、心の中では男を欲しているのだ。そうでなければ、芹那のグループに参加したりするはずがない。

「ハアッ、ハアッ」

興奮に駆られて直之は、未央の膝丈《ひざたけ》スカートを脱がせてしまう。中から現れたパンティーも、ブラと同じ純白だった。

「ああっ……」

恥ずかしいのか、未央は思わず腕で自分の目を覆った。

若い娘らしく、滑らかな腹が食欲をそそる。直之は、下腹部を覆うパンティーも一気に取り去った。

「ダメえっ――」

すると、未央はとっさに両手で股間を隠してしまう。内腿もギュッと閉じたままだ。それが羞恥故の仕草であることは、直之にも分かっていた。しかし白衣をはだけ、ブラを乳房の上に乗せたままで、下半身を曝け出した淫らな恰好を目にすると、思わず興奮に我を忘れる。

「未央をもっとよく見せてごらん」

彼は邪魔な入院着を剝《は》ぎ取り、全裸で未央の股間に割り込む。

「ああん、直之さんってば――」

未央は力なく抗議するが、欲情した牡の膂力《りょりょく》には敵《かな》わない。

内腿に潜り込んだ直之は、秘部を覆う手を取り退《の》けた。

「綺麗なオマ×コだ」

見出した花園は濡れそぼっていた。指でそっと開くと、くすんでいないラビアが控えめに佇んでいる。牝芯も同様で、まだ緊張しているのか半ば包皮を被った状態で密かに息づいていた。

「そんなにジッと見ちゃイヤ」

秘部を隠せなくなった未央は、代わりに両手で自分の顔を覆い隠す。

直之は媚肉に顔を近づけ、胸一杯に深呼吸した。

「すうーっ……あー、いやらしい牝の匂いがする」

「ああん――バカ」

策を弄《ろう》していない、純粋な反応の一つ一つが愛らしい。直之は今一度馥郁《ふくいく》たる香りを吸い込むと、ヌラつく媚肉を口に含んだ。

「むふうっ、ちゅばっ」

「はううっ……ああっ、直之さんのエッチ」

すると、未央はとたんに内腿を締めつけてくる。

直之は夢中で溢れる牝汁を啜った。

「未央のオマ×コ、美味しいよ」

「あっ、ダメ……ああっ、そんなにペロペロしちゃ――」

身悶える未央が悩ましい声をあげる。

直之は舌を尖らせ、肉芽を愛でる。

「レロッ、ちゅばっ」

「イヤアッ」

敏感な箇所を愛撫され、未央は胸を持ち上げ背中を反らす。

「ハアッ、ハアッ。だんだん硬くなってきた」

直之が執拗に責めると、牝芯は尖りを増していき、包皮がめくれていった。

遠慮がちだった未央も、たまらず両手で男の頭を押し返してくる。

「あっひ……ダメぇえっ、そこは——ああっ」

「可愛いよ、未央」

「はうっ……だって。ああん、ダメぇ」

「ここをペロペロされて、気持ちいい？」

「う……ん」

盛んに身を捩る未央だが、愉悦に逆らう術はないようだ。

若い体から溢れる蜜は甘く、三十五歳の直之はそれを舌ですくい取りながら、ゴクゴクと喉に流し込む。ムンと鼻をつく牝臭もどこか爽やかで、いつまでもこうしていたいと思わせるのだった。

「ああん、直之さぁん——」

未央の喘ぎ声にも、いつしか媚《こ》びるような響きが含まれていた。

先ほど手淫で果てたはずの肉棒は、とっくに痛いほど勃起している。

「未央、もう我慢できないよ」

彼は言うと顔を上げ、彼女の上に覆い被さる。

見下ろす先に未央の顔があった。彼女の目は潤み、不安そうな陰を宿している。一方、浅い息を吐く唇は濡れ光り、何かに期待するようでもあった。

「いい？」

直之が訊ねると、未央はこくんと頷いた。

「優しくしてね」

懇請するようなか細い声に、直之は胸を衝かれる。

「もちろんさ——ああ、未央おっ」

「……あふうっ」

媚肉は十分濡れていたので、硬直をなんなく受け入れた。

直之は根元まで挿入すると、しばらくの間、動かずその充溢感を味わった。

「未央先生と、繋《つな》がっちゃったね」

「直之……さん」

かたや未央はまぶたを閉じて、肩を喘がせている。感じてはいるのだろうが、男性経験が浅いため、どう振る舞っていいのか分からないのだろう。

（俺がリードしなくちゃいけないんだ）

ひと回り近く年上の男として、直之は自らに言い聞かせる。同世代である妻との営みではあり得ないことだ。

その感情はプレッシャーであると同時に、どこか誇らしくも思えるのだった。

「最初はゆっくりするからね」

彼は優しく呼びかけ、ゆったりとしたリズムで抽送を繰り出した。

「どう？　苦しくない？」

「うん……んっ。平気」

未央は閉じていた目を開き、上で動く男の顔を見つめる。彼の気遣いが伝わり、次第に心が解れていくのが分かる。

しばらく直之は同じテンポを保った。

「ハアッ、ハアッ。うう……未央ちゃんのオマ×コ、ヌルヌルして気持ちいいよ」

「ホント？　あんっ、わたしも——んふうっ」

「気持ちよくなってきた？」

「ん。直之さん、上手」

やはり不安もあったのだろう。心だけでなく、強《こわ》ばっていた四肢の筋肉からも余計な力が抜けていく。

「未央ちゃん──」

直之は覆い被さり、キスをした。今一度、安心させるとともに、改めて愉悦へのスタートを切る合図でもあった。

その想いは、彼女にも伝わっていた。

「んふうっ。ああ、初めての患者さんが、直之さんでよかった」

「俺もだよ」

直之は答えながら、体の位置を調整する。

「いくよ」

「うん、きて」

未央も悦びを受け入れる準備ができたようだ。

直之は徐々に抽送のテンポを上げていった。

「ハアッ、ハアッ、おおっ、未央っ」

「あんっ、ああっ、んふうっ、んんっ」

肉棒が繰り出されるたび、蜜壺はぐちゅぐちゅと湿った音を立てた。

「はひいっ……あんっ、ダメ。ああ、イイッ」

抽送のリズムに伴《ともな》い、未央のあげる喘ぎも忙《せわ》しなくなっていく。

やがて直之は彼女の太腿を抱え、本格的に突き込んでいった。

「ハアッ、ハッ、ハッ、ハアッ」

「んあっ、あっ。ああん、んふうっ」

「ああ、未央のオマ×コが締まる——」

竿肌を通じ、媚肉の感触が全身に染み渡っていくようだ。あまり男を受け入れていないはずなのに、未央の蜜壺は突き入れるごとに千変万化するのだった。

「んああっ、イイッ……」

この天与の体質に、恐らく本人も気付いていないのだろう。自身はひたすら抽送に耐え、突き上げてくる悦びに身を浸しているだけだった。

実習室は静かだった。無機質な医療器具に囲まれ、室内には消毒液の匂いが充満している。

「ハアッ、ハアッ、ハアッ、ハアッ」

「あんっ、ああっ、んんっ、ああん」

普段なら、いるだけで何となく生気を失ってしまいそうな環境である。だが、ベッドの上だけは別だった。男女が汗ばんだ肉体を重ね、息を荒らげ欲を貪るさまは、まさに生命の輝きに満ちていた。

「未央っ、未央おっ」

こみ上げる愉悦に、直之も次第に制御を失っていく。本能に従い、快楽の求めるままに肉棒を突き入れた。

「はひぃっ……ああん」

未央も状況は同じようだった。悦楽から逃れようとでもするように頭を左右し、盛んに身を捩らせる。

しかし、そこにはまだどこか、理性に抑制されているような様子が見られた。

「未央ちゃん」

「ん……あんっ、なぁに？」

「我慢しなくていいんだ。気持ちよかったら、思い切り声をあげていいんだよ」

「あんっ、分かってる……けど」

「けど？」

「もし部屋の外に聞こえたら、って思うと心配で――」

どうやら彼女は、密事が漏れるのを恐れていたらしい。医学生という立場を考えれば当然とも言える。

だが、それでは未央の女を花開かせることは叶《かな》わない。露呈を怖れ、背徳感を覚えながら交わるプレイは、直之のような中年男にはかえって刺激にもなるが、若く経験の浅い彼女にとっては、本当の悦びを抑え込むことにしかならないだろう。

直之は優しく諭《さと》すように言った。

「ここは一番奥まった部屋だし、入ってくるときも誰とも会わなかったよね？」

「うん」

「それとも誰か来る予定だったの」

「ううん――助教は出張中だし、他の学生も講義中だわ」

「なら、多少声を出しても平気だよね」

「そうね。うん」

自分を納得させるよう頷く未央に対し、直之は「それでいいんだよ」と言うようにキスをした。

「ああ、直之さん」

「未央が、もっと乱れるところが見たい」

彼は言うと、股間に手を差し入れ、親指で肉芽を捏《こ》ねまわす。

とたんに未央は体をビクンと震わせた。

「あっひ……ああっ、ダメえっ」

「今の未央、すごくエロい顔してるよ」

「イヤッ……あふうっ、でも感じちゃう」

身悶える未央の首筋が紅潮していく。真っ白な大地に色鮮やかな花が一斉に咲き誇ったようだ。

「ハアッ、ハアッ、ハアッ」

もはや直之は遠慮することなく腰を穿《うが》っていた。竿肌を舐める肉襞は絡みつき、盛んに射精を促してくる。

「ンハアッ、あっ、イイッ。ああん」

未央からも怖れは消えたようだった。先ほどまでより喘ぎ声は高くなり、荒い息遣いと嬌声が室内に鳴り響いている。

約束された絶頂はすぐそこにあった。

「未央っ、ふうっ。ああ、可愛いよ」

「ああっ、直之さんも……。あひいっ、わたしもう――」

「イキそうなの？」

「うん……何だか体が浮いていくみたい」

愉悦を訴える未央の目が蕩けている。ときに端整な顔立ちを歪《ゆが》め、胸を喘がせながら頂へと登り詰めていく。

直之もまた同様だった。

「ハアッ、ハアッ。ううっ、未央……」

熱い塊がこみ上げてくる。腰を振るにつれ、力を矯《た》めている弓のように、解き放たれる瞬間を待ちかねていた。

先に達したのは未央の方だった。

「――んあああーっ、ダメえっ。イクッ、イッちゃうううっ」

突如大声を上げたかと思うと、彼女は遮二無二《しゃにむに》しがみついてきた。

同時に蜜壺が引き攣《つ》れたようになる。

「はひっ、イイッ……」

「うはあっ、出るっ」

激動が肉棒に走った。不意を襲った快楽は凄まじく、制御することなど及びもつかない衝撃とともに、直之は未央の中に射精していた。

「はうっ、ううっ」

「んあっ……イイッ……」

絶頂はぶり返し、二人を襲った。

やがて直之の腰の振りも、徐々に落ち着いていく。

「ああ……」

そして最後の一滴まで絞り出すと、ようやく矛《ほこ》を収めたのだ。

「ハアッ、ハアッ、ハアッ、ハアッ」

「ひいっ、ふうっ、ひいっ、ふうっ」

こうして果てた後も、未央はしばらく男の体を抱いていた。満足げに目を閉じ、悦楽の余韻を嚙《か》みしめているようだった。

「すごく良かったよ」

しばらくして、直之はゆっくりと彼女の上から退いた。

「わたしも——あんっ」

結合が解かれる瞬間、未央は今一度ビクンと体を震わせる。

肉棒をたっぷり堪能《たんのう》した虚ろは、ぽっかり口を開けたまま、花弁から泡立つ白いよだれを滴《したた》らせていた。

事を終えた後のアンニュイな一時が流れていた。

未央は男の差し出す腕枕に頭を預け、満ち足りた表情を浮かべていた。

「こんなの、初めてかも」

ふと漏らした言葉に、直之に笑みがこぼれる。

「良かったっていうこと？」

「ん。今まで男の人とこういうことして、イッたことなかったもの」

「うれしいなあ。未央ちゃんみたいな綺麗な娘にそんなこと言われるの」

「だって本当なんだもん」

「可愛いな、未央は」

直之は言うと、彼女のおでこにキスをする。

彼は考えていた。芹那が未央を紹介したのは、男としての包容力を確かめているのかもしれない。一人目の恵子では、すでに精力が十分なことを証明した。その次にウブな未央をあてがったのには、それなりの理由があるに違いないのだ。

「未央ちゃん」

「ん？」

「もうこれはいらないだろう。脱いじゃいなよ」

そのとき未央は、まだ白衣を身にまとったままだった。

「──そうね。そうする」

彼女は答えると、寝たまま白衣とブラを脱ぎ去った。

「うん。やっぱり綺麗だ」

「バカ」

照れ隠しだろうか、未央は呟くと彼の肩に顔を埋める。

恐らくだが彼女にとって、白衣は自尊心を保つ鎧《よろい》であったのだろう。だが、もう身構える必要はない。一糸まとわぬ姿になったとき、ようやく女医の卵としてではなく、ひとりの女性として本当の自分になれるときが訪れるのだ。

「未央──」

直之は呼びかけると、そっと肩の顔を引き離した。

未央のもの問いたげな目が見つめ返してくる。

「この姿でもう一度、君を抱きたい」

「……いいよ」

直之の要請に対し、未央はキスで応えてきた。

「レロッ……ああ、未央」

「ちゅばっ、んっ……直之さん」

自《おの》ずと濃厚に舌が絡み合う。盛んに唾液が交換され、相手の口中をまさぐり合った。

直之の手が、愛らしい乳房を揉みしだく。

「綺麗な肌だ。まるで吸いつくみたいだよ」

「あんっ、直之さんってば」

「この乳首も——ピンと勃っていて」

指先で小さな突起を転がすと、とたんに未央は反応した。

「はうっ……ダメ、そんなことされたらまた——」

「また気持ちよくなっちゃう？」

直之は言いながら、ピンク色の蕾《つぼみ》を口に含む。

「ちゅぱっ」

「ああん、なっちゃう。また気持ちよくなっちゃうよ」

「綺麗な顔に似合わず、案外好き者なんだね」

「イヤン」

乳房への愛撫だけで、未央は背中を反らし、感じ始めていた。

彼女は当初より敏感になっていた。一度絶頂した後ということもあるだろうが、精神的に解放されたためであることは明らかだ。

「未央、未央ぉ……」

直之の愛撫は下半身にも及ぶ。片手で乳房を揉みしだき、乳首に吸いつきながら、もう一方の手は割れ目をまさぐるのだった。

「あううっ、ダメ……あんっ、そこ」

「またおつゆが溢れてきた——ヌルヌルだ」

媚肉はこなれ、新たな欲汁をこぼしていた。直之は中指を蜜壺に入れ、中を掻き回すようにする。

「んああっ、イイッ。ああん、直之さん」

「ここが良いの。じゃあ、こっちは——」

さらに親指で肉芽を押し転がす。

上下の性感帯を責め立てられ、未央はのたうちながら喘いだ。

「あっひ……ダメ。そんなことされたら感じちゃうから」

「ちゅばっ、レロ……感じて良いんだよ。もっと感じてごらん」

言葉で煽り、手と口で愛撫する直之もまた興奮していた。鈍重だった逸物が、そろそろと鎌首《かまくび》をもたげてくる。

「あんっ、ああっ、いいの」

未央は感じていた。だが、また同じことを繰り返しても、意味がない気もしてくる。

直之は言った。

「今度は後ろ向きに――四つん這いになってごらん」

「え……?」

不意に愛撫が止み、未央はとまどう表情を浮かべる。しかし彼女なりに理解したのだろう。彼の指示に従い、素直に両手両膝をついたポーズになる。

直之の目の前には、白く艶やかな尻があった。

「綺麗なお尻だ」

彼は言いながら、両手で尻たぼを惚れ惚れと愛でる。

「あんっ、直之さんのエッチ」

いまや未央も照れることなく、男の賞賛を受け止めていた。興奮はしつつも、安心して愛撫に身を委ねているようだ。

だが、直之には別の意図《いと》があった。

「未央のエッチな所が丸見えになってるよ」

差し出された割れ目に指を這わせる。

とたんに未央は声をあげる。

「はうっ、直之……さん」

このとき彼女はまだ気付いていなかった。直之の視線は媚肉ではなく、その上にすぼまっているアヌスに注《そそ》がれていることを。

「可愛いお尻だ」

直之は言いながら、割れ目に沿わせた指を滑らせ、尻のあわいにあてがった。

「あんっ」

何も知らない未央は嬌声を上げる。

その間にも、直之は指ですくい上げた牝汁を放射皺に塗りつけていく。

「ハアッ、ハアッ……」

「ああん、ねえ、どこ触ってるの」

さすがに未央も気付いたらしい。咎める風ではないが、問いかけてきた。

直之はアヌスの入口をマッサージしながら答える。

「どこって――今度は未央の直腸検査をするんだよ」

「えっ……やだ」

未央は驚き、四つん這いの体勢が崩れかける。

すかさず直之の空いた方の手が、肉芽を愛撫した。別の快感を与えることで気を逸《そ》らそうとしたのだ。

その狙いは見事に当たった。

「あふうっ、ダメぇ」

「さっきされたことのお返しだよ」

「あんっ、だってあれは健康診断の一環で――」

「でも、本当は必要なかった。未央も楽しんでいたんだ」

「そんなことは……ああん」

未央の華奢な背中が波打っている。直之は指先を捏ねまわしながら、少しずつ洞穴へと侵入していった。

「ダメ……ああ、やっぱり恥ずかしいわ」

「俺も同じことをされていたんだよ」

「けど、わたしは医師で、あなたは患者だわ」

「今の自分を見てごらん。素っ裸じゃないか」

責め立てる直之も息を荒らげていた。うら若き乙女の菊門は穢《けが》れなく、その純情を犯しているのだという興奮が劣情を刺激する。

ついに彼の指が中ほどまで穴に突き刺さる。

「はひぃっ、イヤアッ」

「ダメだよ、力を抜いて。リラックスするんだ」

「だって……ああん」

羞恥のあまり未央は肘を折り、顔を伏せてしまった。

「ほら、もう全部入っちゃったよ」

「ふうっ、ふううっ」

医者と患者の立場は逆転していた。機材を使った医療行為とは比べようもないが、少なくとも今の未央は直之の言うなりに身を委ねるしかない。

彼は挿入した指を中でグリグリと動かした。

「うふうっ、んっ……イヤ」

「そんなことを言いながらほら——だんだん解《ほぐ》れてきた」

「ああん、直之さん……」

「中は意外と広いんだ。オチ×ポ欲しい、って言っているよ」

直之は言いながら、今度は指を出し入れし始める。

「はひぃっ、ダメえええっ」

とたんに未央が声をあげた。息《いき》んだせいで入口が指を食い締める。

「ハアッ、ハアッ、ハアッ」

異常な興奮が直之を支配していた。彼は膝立ちになり、いつしか勃起していた逸物を尻の高さに合わせる。

「今度は指じゃなくて、大きいのを挿《い》れようね——」

彼が指を抜き去り、代わりに亀頭をあてがうと、未央はビクンと震えた。

「ウソ……本当にお尻でするつもり?」

「そうだよ」

「そんな大きいの、無理だよ……」

頼りなさげに呟く彼女が愛おしい。きっと不安なのだろう。

かたや直之もアナルファックは初めてだった。最初に直腸検査されたために思いついたことだ。だが、彼は大人の男として、彼女を安心させるように言った。

「心配しなくていいよ。どうしても無理なようなら止めるから」

そして放射皺にあてがった亀頭をゆっくり押し込んでいく。

「いくよ——」

「……んぐうっ」

ところが、未央は反射的に息んでしまう。亀頭は中ほどまで埋もれたところで跳ね返されてしまった。

　力尽くではどうにもならない。直之は一計を案じ、股間に手を回してクリトリスを愛撫した。

「ああっ、イイッ」

　とたんに未央は身悶えた。初体験に身構えているだけで、やはり感じてはいるようだ。

「未央ちゃん、好きだよ――」

　直之は優しく呼びかけながら、一気に肉棒を突き入れた。

「おうっ……」

「はううっ、直之ぃっ」

　気付くと、ペニスは尻穴に埋もれていた。未央は顔を伏せたまま、太く長い息を吐いた。

「ハアッ、ハアッ、ハアッ」

　直之もまた肩で息をする。締め付けは蜜壺の比ではない。特にアヌスの入口が、太竿の根元をきつく食い締めるのだ。

　だが、いつまでもジッとしているわけにもいかない。

「動かすよ」

彼は宣言すると、慎重に腰を引いた。

反射的に未央の頭が持ち上がる。

「はっひぃ……」

「うぉぉっ……」。

衝撃は双方に走った。通常のセックスでは味わえない感覚だった。

やがて直之が抽送を始める。

「ハアッ、ふうっ……おおっ、うう……」

「うっ……ふうっ、んんっ」

最初はゆっくりとした動きだったが、未央の吐く息は苦しそうだった。

かたや直之も、出だしは気持ちいいと言うより、菊門の締めつけに耐えるという感じだった。

「ハアッ……ふうっ、ふうっ」

だが、そうして前後するうちに、少しずつ新たな快楽に目覚めていく。

「おおっ、未央のアヌス、締めつけてくる」

「あううっ、ダメ……ああ、なんか変な感じ」

一方、未央も苦しげだった呼吸が、わずかながら収まってきた。二十三歳ならではの順応性の高さから、徐々に慣れてきたようだ。

やがて抽送は一定のリズムを刻み始める。

「ハアッ、ハアッ、ハアッ」

「ひいっ、ふうっ。んああ……んふうっ」

「ああ、未央のケツマ×コ気持ちいいよ」

「んあっ、ダメ……どうしよう、わたし――」

「未央も気持ちよくなってきた？」

「うふうっ、んん……気持ち――んはあっ」

肉棒が尻を出入りするにつれ、未央も愉悦に抗《あらが》えなくなっていく。

だが、それでも医学生としてのプライドがまだ残っているのか、あるいは後ろで感じてしまう自分を恥じているのか、彼女は思わず口走るのだった。

「こんなことしてるのがバレたら、家を勘当《かんどう》されてしまうわ」

実際、葛藤もあるのだろう。エリート一家に生まれ育った令嬢が、初めて会った中年男に尻を犯されているのだ。

その一方で、被虐の悦びも感じているようだった。

「ああっ、ダメよ。こんなの――」

「未央、可愛いよ」

反対に直之は嗜虐《しぎゃく》の快感に包まれていく。太茎に押し広げられた女のアヌスを見下ろしながら、本能のままに腰を振った。

「ハアッ、ハアッ、ハアッ、ハアッ」

「あっ、あんっ、ああっ、あふうっ」

肉棒は昇り詰めていく。射精の欲求が盛んに迫り来るのが分かった。

「未央おっ」

彼は喘ぎつつ、彼女にも同じように感じて欲しかった。抽送を続けながら、再び手を使って肉芽を押し潰した。

二箇所同時に責められ、未央は激しく身悶える。

「イヤアアアッ、ダメええええっ」

「未央っ、未央おっ」

「きて。あんっ、ダメ……感じちゃう、感じちゃうからあっ」

「ぬおおぉ……もうダメだ。イクよ」

腕を股間から回した不自由な姿勢で直之は腰を振る。だが、前のめりになっていくため次第にバランスが取れなくなっていった。

「ぐはあっ、未央っ。出るっ」

「はひいっ、わたしも――イクッ」

肛門がきつく締まり、肉棒が白濁を放つと同時に、ついに耐えきれなくなった二人は、折り重なるように潰れてしまう。

「ぐふうっ……」

うつ伏せに伸びた未央が呻き声を上げる。

その衝撃で、太竿はさらに残り汁を吐いた。

「うはあっ」

「イクッ……んあああっ、直之さぁん……」

男の重みに突っ伏しながら、未央はまたも絶頂するのだった。

「ハアッ、ハアッ、ハアッ、ハアッ」

愉悦に満足し、まだ荒い息を吐きながら、直之はゆっくりと上から退《ど》く。

「んあっ……」

肉棒が抜き取られた瞬間、未央は小さく喘いだ。扁平《へんぺい》になった尻たぼは、何度となく叩きつけられ、うっすら赤みを帯びており、満足げに息づくアヌスから白濁液を滴《したた》らせているのだった。

事後、再び白衣を着た未央は、元の医学生に戻っていた。

「おかげで少し気が楽になったみたい。直之さんに出会えて良かった」

「俺もだよ。今日のことは忘れない」

「わたしも――。今日の検査は全て合格よ。お疲れさまでした」

だが、彼女は出会ったときとは明らかに変わっていた。グッと大人びて、白衣にも威厳が出てきたようだ。それが自分のした行為のおかげと知り、直之も満ち足りた気持ちで医大を後にするのだった。

その晩、芹那からメールが届いた。これまでのところ順調だということだ。しかし、プログラムはまだ半分しか終わっていないとも知らされた。直之は思わず顔がにやけてしまうのを妻に見られないよう誤魔化すのに必死だった。

第三章　巨乳歯科助手のお口チェック

勤務中の直之は社内で呼び止められた。

「工藤、ちょっといいか」

「はい——部長」

午前中の営業部フロアは雑然としている。部長は人目を避けるようにして、彼を人気のない会議室に引っ張り込んだ。

(一体、何の話だろう……?)

このところ、仕事で叱責を受けるようなことは思い当たらない。すると、芹那女医の「裏健康診断」に通っていることがバレたのだろうか。何しろ部長は例のキャバクラに連れて行ってくれたご当人だ。直之が話さなくても、店の人間を通じて情報を得ている可能性は否めない。

しかし、上司が切り出したのは別のことだった。

「なに、たいしたことじゃないんだが、人事部で少し噂を耳にしてな――」

話題は、人事に関するゴシップの類いであった。取締役に昇進も囁かれる部長だけに、この手の噂には敏感になっているらしい。

「――ということなんだよ。工藤はどう思う？」

「はあ。僕の耳には一切入ってきませんが、あの広報部長ならやりかねませんね」

「だろう？　あの野郎、昔から政治的立ち回りだけは上手《うま》いんだよなあ」

直之は正直ホッとしていた。上司はなぜか彼を目にかけてくれているようで、サラリーマンとしては喜ぶべきなのだろうが、プライベートの話まで打ち明けたくはなかったからだ。

「とにかくだよ、工藤もそんな噂を耳にしたら、俺に教えてくれないか」

「ええ、もちろんです」

どうやら部長は裏健診のことは知らないらしい。直之は適当に相槌を打ちながら、その場をやり過ごすつもりだった。派閥争いにはあまり関わりたくないというのも本音であった。

そのとき不意にメールの着信音が鳴る。芹那からだ。

「すみません、部長。お客さんから呼び出しがありまして」

直之はこれ幸いと話題を打ち切る。

相手が取引先となれば、さすがに部長も引くしかない。

「そうか。悪かったな、呼び止めて。行ってこい」

「はい、失礼します」

助かった。そんな思いで直之は会議室を後にする。

芹那からのメールは、やはり次の健診のことだった。直之はワクワクしながら読み進めるが、今回も場所が指定されているだけで、相手の情報はない。

しかも、前回と違って時間も決められ、選べないようだ。

「今日の午後か……」

芹那も、彼が会社員であることは先刻承知のはず。いくら何でも今日の今日ではあまりに乱暴ではないか。

直之はその日、大きな見込み客との大事な連絡を控えていた。できれば社内で契約条件をとりまとめ、万端の準備で待ち構えていたかった。

だが、結局彼は裏健診に出向くことにした。取引先には外から電話をかければいい。

「外回りに行ってくるよ」

直之は部内の人間に告げると、書類を詰めた鞄を持って会社を出た。芹那の指定にどんな意図があるのか分からないが、これを逃せば次もない気がするからだった。

直之が向かった先は、オフィス街の一角だった。中小零細企業がひしめく街の裏路地に入ると、目的地である雑居ビルがあった。

「ここだな」

雰囲気としては、一人目の恵子と出会った場所に似ている。だが今回違うのは、ビルの窓ガラスにちゃんと看板が出ていることだ。『N歯科医院』とある。

ふつう、健康診断というと歯科は含まないので違和感はあるが、もともとこの健診は、普通の健康診断とは別物だ。こういう形もあるのだろう。

狭い階段を上がり、二階のインターホンで来訪を告げる。

「予約した工藤ですが」

「はーい、開いてますから中へお入りください」

華《はな》やいだ女の声が答えたので、直之は室内に踏み入れた。

入口すぐに受付カウンターがあり、装飾も小綺麗に見える。普通に営業していそうだが、もちろん他の患者はいない。

やがて奥から白衣の女性が現れた。

「お待たせしちゃってごめんなさい。どうぞこちらへ」

年の頃は二十代半ばといったところか。白衣と言っても襟《えり》のない丸首のタイプで、前面にジッパーの付いた半袖ワンピース様の制服を着ている。

「外は寒かったでしょう？　工藤さんが来ると思って、エアコンを利《き》かせておいたから」

「はあ、それはどうも」

女の馴れ馴れしい口調を直之は訝《いぶか》しむ。ストレートの髪色は明るく、顔立ちやメイクも医療従事者にしては派手に思えた。

診察フロアの様子も普通ではない。三脚ほどある診察台のうち、一脚を除いて全ての機器にビニールが被《かぶ》せられていたのだ。

「あの、ここって――」

直之がとまどっていると、女は彼の疑問に答えてくれた。

「この医院のこと？　三ヶ月ほど前に廃業したらしいの」

「あー、なるほど」

「芹那さんが紹介してくれて――。こちらに座って」

「あ……はい」

唯一ビニールのかかっていない診察台を勧められ、直之は腰掛けた。

いまやコンビニより多いと言われる歯科医院。競争は激しく、やむなく廃業するクリニックも多いと聞く。この病院も、そのうちの一つなのだろう。

白衣の女は、テキパキと診察の準備をしながら話しかけてくる。

「こないだまたお宅の部長さんがお店にいらしたわ。それも一人で。どうやらルナちゃんにご執心みたいなの」

「店……？　ルナちゃん……？」

ところが、直之は要領を得ない。なぜ部長のことを知っているのだろう――しかし、女の横顔を眺めるにつれ、突然記憶が繋がった。

「え？　もしかして、明菜《あきな》ちゃん？」

芹那を紹介してくれた、あの黄色のドレスを着たキャバ嬢だ。髪型や服装が違うと、女はこうも化けるのか。

直之の余りの驚きぶりに、明菜は思わず笑い出す。

「やだあ、気付いてなかったんだ。どうりでよそよそしいと思った」

「いや、だって……。店とは全然違うから」

「改めまして、三田《みた》明菜です」

「明菜、って本名だったんだ」

「そうよ。お店の人は源氏名を付けるよう言ってくれたんだけど、使い分けたりするの面倒くさいじゃない？」

「……そうか。それで神林先生のことを知っていたわけだ」

「うん。実を言うと、こっちが本業なのよ」

「へえ。明菜ちゃんって歯医者さんだったんだ」

「やだ、助手よ、歯科助手。今、衛生士の資格も勉強してるけど」

「頑張り屋さんなんだね」

意外な邂逅《かいこう》に直之は不思議な感動を覚えていた。別に本業を持つキャバ嬢というのはそう珍しくはないが、昼夜両方の顔を目の当《ま》たり《あ》にできることは滅多にない。

相手が顔なじみのキャバ嬢と知り、直之も肩の力を抜くことができた。

「じゃあ、改めて今日はよろしく」

「こちらこそ。さ、台を倒しますから寛《くつろ》いでください」

直之は頭をもたげ、リクライニングを操作する明菜をまじまじと見つめた。長いまつげにクリッとした瞳、愛くるしい小鼻や華奢な顎が、実際の年齢より若く見せている気がする。妖艶なキャバ嬢姿も美しかったが、清潔な歯科助手スタイルも似合っている。

「ところで、明菜ちゃんっていくつなんだっけ」

「二十六。ほら、ちゃんと寝てくれないと、検診ができないわ」

キャバクラでするような会話をする直之に対し、明菜はたしなめるような口調で言った。

直之は華やぐ気持ちを抑えきれないながらも、素直に横たわる。

「けどさ、本当に診察もするの？」

「もちろん。あのね、工藤さん。通常の健康診断ではあまり行われていないけど、歯にはその人の生活習慣が全部現れるの。決していい加減にしていい話じゃないわ」

口腔の話題になると、明菜は真剣な口調になった。

直之も調子に乗ったことを反省する。

「そっか。ごめん、そっちが本職なんだもんね」

「分かったらおとなしく言うとおりにしてください」

彼女は言うと、直之の頭の方へ回り込む。

「はい。それではお口を開けて。あーん」

「あー」

明菜の優しい口調につられ、彼は素直に口を開いた。

「まずは上の歯から診ますね——うん、治療済みの歯がありますが、特に問題はなさそうですね」

デンタルミラーを手に、明菜は歯列を確かめていく。顔が近い。ルージュを引いた唇が艶やかに光り、食欲をそそった。

「下も……よし、と。少し奥歯の裏に歯垢が残っていますね」

まったくもって通常通りの歯科検診である。直之もいつしか真面目に彼女の言葉を聞いていた。

だが一方では、気を散らされざるを得ないこともあった。

（オッパイが当たってる……!?）

明菜が前屈みになっているためか、頭頂部に柔らかいものが触れていた。いわゆる「歯科あるある」かもしれないが、彼女から漂う甘い香水の匂いと相まって、牡の欲望を駆り立てずにはいられないのだ。

（最高だ——）

相手が現役の歯科助手であり、場所も本物の歯科医院とあって、リアルな妄想が膨らんでいく一方だった。

だが、明菜は歯科助手であると同時にキャバ嬢でもあった。男の反応などとっくにお見通しだったようだ。

「今、オッパイのこと考えているでしょ」

「え……ま、まあ。というか、そっちも当たっているのが分かってるんだ」

これが芹那の裏検診だからこそ、彼も正直に訊ねることができた。

明菜もまた、膨らみを押しつけたままで答えた。

「集中しているときは気がつかないこともあるけど、そりゃあ、ね。でもね、わざと当てているときもあるんだよ」

「本当？」

「うん。歯石除去でも痛がる患者さんはいるし、気を紛《まぎ》らわすためにね」

「へえ、そうなんだ」

会話しつつも、直之はキャバクラの胸開きドレスを思い浮かべていた。薄暗い照明の下、寄せて上げられた膨らみは、眺めているだけでも酒が進んだものだ。

夢心地の彼に明菜が声をかける。

「んもう、工藤さんたら」

「え？」

「エッチなこと考えてたんでしょ。ズボンが膨らんでるよ」

「……あー、これ？　うん、まあ」

知らぬ間に股間がテントを張っている。普通の歯医者で起きたとしたら赤面ものだ。しかし指摘する明菜もまた、裏検診の意味を承知していた。

「ちょっと待ってね」

彼女は言うと、しばし彼の視界から消える。

「お待たせ。じゃあ、もう一度診察しますね」

そして、再び同じように頭頂部へ膨らみを押しつけてきた。

直之は唖然《あぜん》とする。

「あっ……！」

なんとナマ乳だったのだ。見上げる彼女は諸肌《もろはだ》を脱いでいた。

明菜は艶然と微笑んで言った。

「どう？　わたしのオッパイ」

「き、気持ちいいよ。暖かくて――」

「お顔を挟んであげる」

彼女はリクライニングをさらに倒すと、顔に双乳を覆い被せる。

柔肌に埋もれ、直之は幸せだった。

「むふうっ、明菜ちゃんのオッパイって、良い匂いがするんだね」

「やだあ、くすぐったい。舐めたいの？」

「レロッ……うう、部長が知ったら悔しがるだろうな」

こんな歯医者があったら、毎日でも通いたくなる。キャバクラでもこうはいかない。眺めるだけか、せいぜい触る真似くらいしかできないが、芹那女医を通じて裏検診に参加したおかげで、男の夢を叶えられたのだ。

一方、明菜も次第に冷静ではいられなくなったようだった。

「ああん、わたしも気持ちよくなってきちゃったみたい。工藤さん――直之さんの上に乗っかってもいい？」

「ああ、もちろん。おいで」

「やった」

明菜は言うと、彼の見守る前で服を脱ぎだした。はだけて腰の辺りにあった白衣を脱ぎ捨て、小さなパンティーも手早く脚から抜いてしまう。

「直之さんも早く」

「え？　ああ、うん」

歯科助手兼キャバ嬢の裸体に見惚《みと》れる彼も促され、診察台に寝たまま急いで裸になった。

逸物はギンギンに勃起している。

「失礼しまーす」

明菜は足置きに乗ると、後ろ向きに倒れ込んできた。

「え。こっち向きじゃないの」

「ウフフ。普通じゃつまんないじゃない」

直立した肉棒の上に、彼女はわざと尻を乗せて体重をかけた。

幸福な苦しみが直之を襲う。

「ぐふうっ……あ、明菜ちゃん」

「んん？　たまにはこんなのもいいでしょう」

明菜はからかうように言いながら、肘置きに手をかけて尻を上下に滑らせる。

裏筋を扱かれ、肉棒は尻のあわいに先走りを吐く。

「うはっ、明菜っ」

たまらず直之は腕を回し、彼女の豊乳を揉みしだいた。

「あんっ、いきなり激しいのね」

「こんな風にされたら誰だって——おうっ、明菜ぁ」

彼は息を喘がせながら、女の頭皮に鼻面を埋めて匂いを嗅ぐ。両手はたわわな実りをわしづかみにし、指の股で乳首を挟んで転がした。

「ハァン、ダメぇぇ……」

すると、明菜もまた甘い喘ぎ声をあげるのだった。

「ハアッ、ハアッ」

「あんっ、ああん」

やがて直之は右手を彼女の股間へ伸ばす。柔らかな草むらを抜け、土手を下ると、口を開いた裂け目に触れた。

「んあっ……感じちゃう」

「こんなに濡れて。ビチョビチョじゃないか」

「あんっ、だって——あっ、そこは」

まさぐる指が肉芽を捕らえた。勃起している。直之はそれを指先で転がすように愛撫した。

「はううっ、イイッ」

とたんに明菜は身を反り返らせる。

「敏感なんだね」

「あっ、あんっ。だって……ああっ、わたしのクリちゃんを虐めないで」

「俺だって……ハアッ、ハアッ。さっきからチ×ポを虐められっぱなしなんだ」

割れ目はとめどなく牝汁を噴きこぼす。ヌルヌルした愛液が直之の手にまといつき、股間から牝の香りを漂わせ始めた。

「あふうっ、欲しい。ねえ、このままでしよう」

「ああ。俺も、もう我慢できないよ」

意見は一致し、明菜がいったん上体をあげて、腰を浮かせる。

「すごい。直之さんのオチ×ポ、ギンギン」

ウットリとした声で言いながら、彼女は怒張を手にし、蜜壺へと導いていく。

亀頭が花弁に触れたとたん、肉棒に電撃が走る。

「うはっ、明菜ちゃんの——」

「んふうっ、入っていく」

やがて明菜は尻を落とし、太竿は根元まで埋もれた。

「ああ、わたしの中が直之さんでパンパン」

「明菜の中、あったかいよ……」

女体の温もりが、粘膜を通じてダイレクトに伝わってくる。

「動かしていい？」

明菜は言うと、肘掛けを支えにして尻を上下させた。

「おうっ、明菜ちゃんいきなり——」

「あんっ、んっ、ああっ、いいわ」

ぬぽくぽと音を立て、太茎は媚肉を出たり入ったりする。

「あっ、ああん、ああっ、イイッ」

「ハアッ、ぬおぉ……くうっ、たまらん」

女の細腕で支えている関係上、振幅こそ小さいが、竿肌に吸いつくような肉襞の感触が脳幹を揺さぶる。

「ハアッ、ハアッ、ううっ」

「あっ、あんっ、んふうっ」

しかし、自らの体重を支え続けるのに疲れたのか、やがて明菜の腕が限界を迎えてしまう。

「んああっ、もうダメ——」

後ろざまに倒れ込んできた女の身体を直之は受け止める。

「ああ、明菜のオマ×コ気持ちいいよ」

「直之さぁん」

甘い声をあげる豊満な肉体を抱きしめて、直之は下から突き上げた。

「ハアッ、ハアッ。明菜っ、明菜ちゃん」

かたや明菜も男の上で淫らに尻を蠢かせていた。

「あっふ……ああん、直之の硬いオチ×ポ好き」

「ふうっ、うらあっ、どうだ」

「イイッ、意外とっ、たくましいのね」

女の全体重を支え、なおかつ暴れるものだから、抽送も思うようにはいかない。

「ぐふうっ、ふうっ、うおぉ……」

おまけにペニスは無理な角度に反り返らされていた。寝バックとでも言うのだろうか。快感と苦しみが相半ばする体位であった。

「あああ、おかしくなりそうだ」

それでも直之は幸せだった。キャバクラでの妖艶な明菜と、しっかり者の歯科助手としての彼女を両方一遍に抱いているようだ。

明菜も同様に悦楽を堪能しているようだった。

「はひぃっ、直之ぃ……」

男の上で天を仰ぎ、高らかに悦びを訴える。懸命に尻を蠢かし、少しでも快楽を貪ろうとしているのだった。

「イッちゃう、イッちゃうよぉ」

鼻にかかった声で絶頂を予告する明菜。肉悦にコントロールが利かないのか、不意に暴れ出したため、直之は彼女が振り落とされないよう捕まえる必要があった。

「危ない――」

しっかりと抱き留めるため、腕をクロスさせて巨乳をつかむ。

その行為は、愉悦にかまける明菜にとって、新たに付け加えられた愛撫となった。

「あっひぃ……イイッ、もっと、ああんダメッ」

「ハッ、ハッ、ハアッ、ハアッ」

一方、肉棒も限界に近づいていた。陰嚢が持ち上がり、盛んに射精を促してくる。彼女が喘ぐたびに括約筋《かつやくきん》が締まり、太茎が刺激されるのだ。

「うはっ、ううっ……」

「あっ、ああっ、ダメ……わたしもう――」

「イキそうなの？　いいよ、イッて」

「ああん、直之さんも一緒にきて」

「いいの？　このまま……うふうっ」

「出して。わたしの中に……んああっ、直之さんの濃いの」

「明菜ちゃああああん」

直之は力の限り突き上げた。

「ああああああっ、ちょうだい。わたしを滅茶苦茶にしてぇっ」

「うおおおっ」

小刻みな抽送に揺さぶられ、明菜の声も途切れ途切れになる。

「あっ、あっ、あっ、あっ、イクッ。イクううっ」

「俺も——ああっ、もう出そうっ」

「イイッ、んあっ……イイイイーッ」

明菜は後頭部を押しつけるようにして、思い切り反り返る。

「イクうっ——」

そして短く喘ぐと、全身を硬直させて絶頂したのだ。

その反動は張り詰めた肉棒を襲った。

「ぐはあっ、出るっ」

熱く粘つく白濁が、ドッと胎内に放たれる。

「んあぁぁ、イイ……」

中出しされた明菜は満足そうに息を吐き、ぐたりと脱力するのだった。

それからしばらく二人は重なったまま、絶頂の余韻に浸っていた。

「ハアッ、ハアッ、ハアッ。ああ、最高だったよ」

「わたしも。こんな激しくイッたの、久しぶりよ」

「本当?」

「うん。お世辞なんかじゃない。本当に良かったもん」

明菜は言うと、大儀そうに起き上がり、正面を向いてキスしてきた。

「直之さんのこと、好きになっちゃうかも」

「俺はとっくに好きだよ。明菜ちゃんのこと」

「んふ。バカね」

妻帯者の彼が言う戯《ざ》れ言《ごと》をそうと知りつつ、明菜はうれしそうに受け入れた。

(本当に可愛い娘だな)

直之は悦楽の余韻に浸りながら、惚れ惚れと彼女を見つめる。愛液に濡れて束になった恥毛の奥には、掻き回された媚肉が濁り汁を滴らせていた。

窓から見えるビルの外では交通量が増え、夕方の混雑を見せ始めていた。

ひと息つくと、明菜がふと過去を語り出す。

「わたし、十八歳のときに上京してね、最初は事務員をしていたの」

「ＯＬだったんだ」

「そう。でも、長続きしなくて。職場を転々としているうちに、夜のお店で働くようになっていたのよ」

「そうか」

若い娘にはよくある話だ。直之は思いながらも、親身になって聞いていた。

全裸の明菜は、男の上に添い寝しながら続ける。

「それで今のお店でね、ある日、芹那さんがお客さんとして来たの」

「へえ、お客さんで──」

「うん。何かの会合みたいで、男の人たちも一緒だったわ。そのときにいろいろ話していたら、歯科助手の仕事を紹介してくれて」

意外なところで接点が生まれたようだ。明菜にとって、芹那はいわば恩人というわけである。

直之は、彼女の髪を指で梳《す》きながら訊ねた。

「じゃあ、この裏健康診断は、その恩返しってこと？　いや、だって明菜ちゃんだったら、男には不自由しないわけだし」

するると、明菜はムキになって否定した。

「恩返し？　ううん、全然そんなんじゃないわ。芹那さんも、そんな人じゃないし」

恩義を盾に取るような人物ではないと言いたいのだろう。さらに彼女は続ける。

「たしかに芹那さんのことは尊敬してる。何の目的もなく生きていたわたしに、目標を持たせてくれたんだもの」

「俺の言い方がマズかったな、ごめん。でも、ならどうして？」

「わたしね、将来自分のお店が持ちたいんだ。歯科衛生士の資格を取りたいのも、少しでも稼ぎたいからだし。そのためには、今は特定の男を作りたくないの」

「ああ、それで――」

「そう。欲求不満のちょうどいい解消法ってわけ」

聞いてみなければ分からないものだ。話を聞いて、直之も合点がいった。医学生の未央のようなおぼことというわけでもないのに、明菜が紹介された男とまぐわい、その上楽しめるのは、そういった割り切ったところがあるからなのだ。

ならば、直之としても心置きなく遊べるわけである。

「やっぱり若いっていいよね。キラキラしているよ」

彼は言いながら、さり気なく乳首を指で弄ぶ。

「あんっ、もう直之さんのエッチ」

明菜は体をビクンと震わせ、仕返しとばかりに彼の乳首をつねってきた。

「おうっ……明菜ちゃんこそ」

ところが、そのとき突然スマホの着信音が鳴る。

「ごめん。俺だ」

直之は全裸のまま診察台から起き上がり、ハンガーに掛けられたスーツからスマホを取り出す。

相手は、今日の午後連絡するはずだった見込み客であった。

「あっ、お世話になっております、H商事の工藤でございます――。はい、申し訳ございません。今、こちらからお掛けしようと思っているところでした」

とたんに彼は営業用の声色になり、誰もいない虚空に向かって平身低頭した。向こうから掛かってくるとは思わず焦《あせ》ったためだが、逸物をブラブラさせているだけに傍《はた》から見れば、かなり間抜けな恰好だった。

「――ええ、ええ。もちろんですとも。今回のご提案につきましては、先だってお送りした添付資料にあります通り――」

この取引を逃せば、査定に大きく響く。先刻承知だったはずだが、劣情にかまけていたせいで、すっかり忘れてしまっていたのだ。

だが、そのとき彼の背後では、明菜がほくそ笑みながら近づいていた。

「いえ、もう加藤さまにはよくしていただいて。先日も御社へ伺った件を上司に伝えましたところ……うぐっ」

直之は突然陰部に衝撃を感じ、言葉を詰まらせる。股の間から明菜が陰嚢をつかんできたのだ。

「ちょっ……明菜ちゃんって」

スマホをいったん離し、小声で諫《いさ》めるが、明菜は悪戯を止めようとしない。

「いいから、続けて」

「つく……。あー、失礼しました。ええ、はい。それはもう仰るとおりで」

直之は懸命に平静を装《よそお》い、ビジネスの話を続けようとする。

ところが、明菜はさらに図に乗り、彼の前に回り込むと、萎《な》えた逸物をパクリと咥えてしまった。

「じゅぷっ……んふうっ、んっ」

「おうっ……あ、いえ、こちらのことで。ええ、ええ」

しゃがみ込んだ明菜は、上目遣いに困った彼を見て、さらに激しく吸いたてる。

（ああ、マズイ。気持ちよくなってきた）

一度果てた後でもあり、感じやすくなっている。見る見るうちに肉棒は膨張し、気付けば完勃起していた。

（今はダメだって。頼むよ）

しゃぶられる愉悦と職務への義務感に苛まれ、直之は懊悩《おうのう》する。

すると、明菜が不意にフェラを中断し、立ち上がって耳元で囁く。

「M製造の加藤次長でしょ」

直之は驚く。その通りだ。名前を聞いただけで分かったのも驚きだが、意外なのはその口ぶりから彼女は相手を知っているらしいことだ。

「――ええ、そうなんですよ。M製造さんと言えば、弊社としても是非。はい、加藤次長とは末永くお付き合いいただきたいものでして」

直之は会話にわざと名前を出し、彼女の指摘が合っていることを伝えた。

すると、明菜はいったん彼から離れ、メモに何やら書き留めた。

直之はそこに書かれたものを目にすると、パッと顔を輝かせる。

「そう言えば、加藤次長のお嬢様は野球がお好きだとか」

愛娘の話題を切り出すと、電話相手も砕けた調子になった。明菜の示唆《しさ》が図に当たったのだ。

「いえいえ、先日確かそうとお伺いしたものですから。はい、はい……ぐふうっ」

会話が波に乗り始めたところで、明菜がペニスを逆手に扱いてきた。

「そうなんですよ。ええ……ううっ……あ、いえ。何でもございません」

亀頭は赤黒く膨れ、鈴割れから先走りが溢れてくる。直之は集中力が乱れがちになるが、良い情報をくれた彼女に文句も言えない。

しまいに明菜はしゃがみ込み、またフェラチオしてくるのだった。

「じゅっぷ……んんっ、ビンビンになってきた」

「そ、そうだ。ちょうど弊社の取引先で、お嬢様がファンのチームグッズを製造する会社がありまして――ええ、そうなんですよ」

「直之さんのオチ×チン好き。特にこのカリのところが」

明菜は彼にだけ聞こえるように言いながら、舌を尖らせ、雁首《かりくび》の部分をぐるりと舐め回した。

突き上げるような快感が直之を襲う。

「はうっ……う。いえ、目の前で道路工事しているみたいでして。ええ。ですからもしよろしければ、今度そのファングッズをお渡しできればと——」

「おつゆがいっぱい出てきた」

苦闘する直之をからかうように、明菜はわざと音を立て、亀頭をちゅぱちゅぱと吸ってくる。

「いやあ、喜んでいただけて何よりです」

「もっと気持ちよくしてあげるね」

ついに明菜は肉棒を咥え、ストロークを繰り出してきた。

一体どういうつもりだろう。直之は懊悩しながら思う。一方で彼の商談を助けながら、もう一方では淫らな悪戯で会話を邪魔してくる。

「うぐっ……あ、いえ。すみません、電波が」

「ちゅぱっ、じゅるるっ、んふうっ」

だが、気付けば彼もこの状況を愉しみ始めていた。「バレたら終わり」というスリルが背徳感をくすぐり、普段以上の快感をもたらすのだ。

直之は肩で大きく息をしながら、必死に会話を続けようとした。

「そうですね。チケットの方も、そちらのツテでなんとかなると思います」

「じゅっぽ、じゅっぽ、じゅるるるっ」

やがて明菜が手も使い始める。太竿を吸いたてながら、陰嚢を揉みほぐしてきたのだ。

次第に直之は気が遠くなってきた。頭がカアッとして何も考えられない。

(気持ちいい。気持ちよすぎる)

幸い、電話相手には、まだ何が起きているか覚られていない。そればかりか、愛娘への鼻薬が効いたらしく、向こうから商談に前のめりな発言をしてきた。

「ありがとうございます。では、今度一席設けさせていただきますので、その際にグッズもお持ち……ぬふうっ。あ、いえ、お渡しできればと」

「よかったじゃない。うまくいきそうね」

股間の明菜も首尾を喜んでくれる。しかし、口舌愛撫はさらに激しさを増した。

「んふうっ、じゅっぷ……出して」

「ほうっ……はい、はい。では改めまして――え？　その際に契約も。あ、ありがとうございます。御社とは今後末永くお付き合いいただきたいと存じます」

直之の顔は真っ赤だった。吸いたては激しく、もう限界だった。

「じゅるるっ、じゅぽっ、じゅるっ」

「失礼……いたします。本日は、わざわざお電話いただきまして、あ、ありがとうございました――」

もうダメだ。ギリギリの状態で何とか通話停止のボタンを押すと、ほぼ同時に肉棒が暴発した。

「ううっ、出るっ！」

「んふうっ……」

直之は口中に白濁液を噴き上げる。明菜はしゃぶりついたまま、出されたものをゴクリと飲み干していた。

めくるめく官能に、彼はしばらく呆然とする。

「ハアッ、ハアッ、ハアッ、ハアッ。明菜ちゃん……」

かたや明菜はうれしそうに笑みを浮かべ、口の端からこぼれた牡汁《おじる》を拭う。

「やったじゃん。上手くいったんでしょ」

「ああ、おかげで……。けど、危なかったよ。もう少しでバレるところだった」

「結果良ければ全てよし、じゃない？」

「まあね。ともあれ助かったよ」

直之は複雑な思いを抱きながら、いきり立ったままのムスコを眺める。太茎は唾液に濡れて輝き、先端から白い雫《しずく》を垂らしていた。

商談が首尾良く運んだことで、直之は肩の荷が下りたようだった。スマホをスーツにしまうと、診察台でうがいをしている明菜に近づく。

「一時はヒヤヒヤしたよ。まったく、明菜は悪戯っ子なんだから」

中腰の彼女を背後から抱き、たわわな乳房をもぎ取る。

「んんっ……もう、何するの」

「さっきの仕返しだよ。散々虐められたからね」

直之は巨乳をわしづかみ、わしゃわしゃと揉みしだいた。

「ああん、直之さんったら――子供みたいなこと言って」

たしなめようとする明菜だが、体は嘘をつけない。

「んんっ、バカぁ……ダメぇ」

「ほら、乳首がもうこんなに。ビンビンに勃起しているよ」

「そう言う直之さんだって――」

明菜が後ろ手に逸物をつかんでくる。

「二回もイッたのに、もうこんなに大きくなってるじゃない」

「ふうっ……明菜ちゃんのせいだろ」

直之は興奮冷めやらぬ肉棒を尻のあわいに擦りつけた。

一方、明菜もすでに呼吸が荒くなっていた。

「あんっ、はううっ。わたしも欲しくなってきちゃった」

電話中の彼に悪戯することで、彼女自身も欲情していたのだ。

このまま交わってもいい場面である。しかし、このとき直之はあるアイデアを思いついた。

「そうだ。今度は俺が明菜ちゃんを診察してあげる」

「え？　どういうこと」

「いいから。診察台に寝てごらん」

女子医学生とのときのように、互いの役割を交換してみようということである。

「分かったわ」

未央と違うのは、明菜はためらいもなく従ったことだ。さすがキャバ嬢だけあって乗りが良い。

だが、直之が意図したこととは違っていた。

「そうじゃなくて、頭の向きを逆にしてほしいんだ。ヘッドレストに脚を掛ける感じで、上下逆さまに横たわるんだよ」

「やだ。まさか診察って……」

「そうさ。下のお口を診てあげる」

最初に明菜が彼の歯を検診したように、今度は直之が彼女の口内チェックをしようということだ。ただし、診るのは股間に開いた口である。

明菜にとっても、さすがにこの提案は少々意表を突かれたようだった。だが、結局好奇心が勝ったのか、言われたとおりに上下逆さまに、仰向けになって診察台に横たわった。

「なんかズレ落ちちゃいそう」

「じゃあ、リクライニングをもっと倒そう——。これでいいかな？」

「うん、これなら平気」

背もたれをほとんど平行にすることで、彼女が頭の方にズレ落ちてしまわないよう調整する。その分、全体の高さを持ち上げ、診察しやすいようにした。

「こんな恰好するの初めてよ。なんか恥ずかしい」

ヘッドレストをまたぐ形で脚を開く彼女。直之は椅子の背側に回り、濡れ光る割れ目に相対した。

「これから三田明菜さんの口腔チェックを行います」

「はい。よろしくお願いします、直之先生」

「それでは、お口を大きく開けてください。あーん」

直之は彼女の台詞を真似て言った。

すると、明菜が堪《こら》えきれずに噴き出してしまう。

「やだあ、そんなの無理に決まってるじゃない」

「明菜さん、ふざけないでください。診察ができませんから」

役柄を守り通そうとする直之に、明菜も口調を改める。

「ごめんなさい、先生」

「いいんですよ。では、私がお口を開きますので、明菜さんはリラックスして」

とはいえ、かく言う直之も全裸であった。端から見れば滑稽《こっけい》だが、当人たちが真剣であればあるほど、変態じみた劣情を呼び覚ましてくれる。

「それでは失礼します――」

直之は厳格な態度を崩さず、両手の指で淫裂を押し開く。

「うーん、粘膜の色は綺麗ですね。よくお手入れされているのでしょう」

「んっ……特別なことは何も。よく洗っているくらいで」

「そうですか。まあ、まだお若いですからね。うん、ビラビラの形もいい」

「ありがとうございます」

「ただ一つだけ。明菜さんは右利きですか？」

直之は淡々と所見を述べながら、指先で花弁を撫でた。

とたんに明菜の体がビクンと震える。

「あんっ……そ、そうですけど」

「やはり。若干ですが、右のビラビラの方が肥大しているようですね。きっとオナニーされる際に強く刺激されるためでしょう」

「ああん、そんなオナニーなんて――滅多にしないわ」

否定する明菜だが、その声は甘く蕩けだしている。

直之は、「患者」の答えに疑義を唱えた。

「そうは見えませんけどねえ。正直に仰ってください」

言いながら、捩れたラビアを指先で弾《はじ》くようにする。

「はううっ、ダメ……。たまに、ときどきくらいは――」

「自分で弄っているんですね」

「うん……ええ。あふうっ」

「こんな風に？　それとも、もっと激しくするんですか」

「も、もっと激しく……ああん、意地悪ぅ」

するうち、花弁のあわいから牝汁がごふりと溢れ出してくる。

次いで直之は顔を近づけ、クンクンと匂いを嗅いだ。

「匂いは――うーん、いいですね」

「ああっ、どうなんですか。言ってください」

明菜もすっかり患者になりきっている。

似非《えせ》歯科医は言った。

「スケベな匂いがします。若干濃いかもしれませんね」

「イヤン、濃くなんか……」

「いえいえ、いいんですよ。それだけ女性ホルモンが強く働いているということですから。ジュースもたくさん出ているし、若い女性としては健康な証《あかし》です」

牝汁はとめどなく溢れてくるようだった。直之は馥郁たる香りを胸一杯に吸い込み、欲情を滾《たぎ》らせる。

歯医者さんごっこは楽しかった。

「今度は神経の働きを診てみましょう」

彼は言うと、片手で裂け目を押し開いたまま、もう一方の指で女性器の輪郭を辿《たど》るように撫でる。

「あひっ、ダメ……ああ、感じちゃう」

すると、明菜はそれだけで身悶え、力んで尻を持ち上げる。

「ははあ、なるほど。いいですね、ビラビラがヒクヒクしていますよ」

「あんっ、ヤ……ムズムズしてきちゃう」

「どうしたんですか。あまり動かないでください」

「だってぇ……はううっ、そんな風にされたら」

「少し神経過敏じゃないでしょうか。よほどお好きなんですね。なら、ここをこんな風にしたらいかがでしょうか」

興奮した直之は息を荒らげつつ、ぷっくり膨れた肉芽を愛でる。

反応は凄まじかった。

「あひぃっ、ダメぇぇ。感じちゃうからぁ」

「ああ、三田さん。明菜さん、ダメですよ。暴れたら」

「だって……だってぇ、ああん、気持ちいいんだもん」

敏感な箇所への愛撫に堪えきれず、明菜は足をバタつかせた。

もはや言葉で説得するだけでは押さえつけられそうにもない。直之自身も欲情していたこともあり、彼女の太腿を肩に掛けるようにして抱え、股間に顔を思い切り埋めた。

「むふうっ、こうするともっとよく匂いが分かる」

「はううっ、直之さん……」

喘ぐ明菜は、もはや役柄を保っていられないようだ。座面に置いた頭を盛んに左右にし、愉悦に胸を波打たせていた。

「べちょろっ、ちゅるっ」

直之も夢中で舐めていた。むせ返るほどの牝の匂いが劣情を駆り立てる。

「美味しいオマ×コだ。興奮しますよ」

「あんっ。エッチな歯医者さん」

「じゅるるるっ。何言ってるんですか。明菜さんのオマ×コが、いやらしいジュースを出すからいけないんですよ」

「はひっ……あんっ、もっとぉ」

「クリトリスをこんなに勃起させて――ちゅばっ、むふうっ」

直之は恥毛に鼻面を埋め、顔を振って舐めたくる。

「あっ、ああっ、ダメ……」

愉悦に乱れる明菜は身を捩らせる。そのせいで徐々に尻が下がり、頭の方へとずり落ちてしまう。

「びちゅるっ、明菜──」

直之は盛んに舌を使いつつ、抱えた尻を元の位置へと戻す。

「ハアッ、ハアッ。じゅぱっ……いつまでもこうしていたい」

「あっふ……わたしも。んああっ、直之さんの舌使い、とっても上手」

「明菜ちゃんのオマ×コ汁が美味しいからいけないんだよ。男を狂わせる匂いだ」

「はううっ、んふうっ、イイッ」

気付くと直之も設定を忘れ、口舌愛撫に夢中になっていた。

「レロッ、ちゅぱっ。んん、可愛いよ、明菜ちゃん」

「あんっ、ああっ、好き。好きよ、直之さん」

「俺の、どこが好きなんだい？」

「エッチなとこ──あふうっ、こうしていっぱいペロペロしてくれるところ」

「明菜ちゃんは、本当にエッチが好きなんだね」

「うん、大好き。だから、ねえ……欲しいの」

明菜は下腹をヒクつかせながら、挿入を求めてきた。

直之とて気持ちは同じだ。だが、もう少し舐めていたい。

「じゅじゅぱっ……んむう、何が欲しいのか言ってごらん」

「あんっ、やだ……でも、ああん。欲しいわ、直之さんの硬いオチ×チン」

「俺の硬いオチ×チンを、どうして欲しいって？」

「ああん、意地悪ぅ。んあっ、硬くてスケベなオチ×ポを、わたしのビチョビチョオマ×コにブチ込んで欲しいのぉ」

明菜は文句を言いつつも、求められた以上の淫語で答えた。

「んねえ、このままじゃイッちゃうからぁ」

「イッちゃってもいいんだよ」

「はひぃっ、ダメ。直之さんのオチ×チンでイキたいの。意地悪しないで」

「むふうっ、分かったよ。わがままなオマ×コだ」

「早くぅ。逞《たくま》しいので掻き回して」

焦らす直之も、もはや我慢の限界だった。

「グチャグチャに掻き回してやる──」

彼は言うと、ようやく股間から顔を上げた。その顔は、口の周りどころか鼻や頬、顎の辺りまで、愛液でベトベトに塗《まみ》れているのだった。

今すぐ挿入したい。性急な欲望に駆られる彼らは、手っ取り早く診察台の高さを下げることで、体勢を変える面倒を省いた。

「ハアッ、ハアッ。いくよ」

直之は立ったまま、ヘッドレストに乗った明菜の尻を引き寄せる。

「ああっ、きて。早く」

「それっ……ぬふうっ」

「んああっ」

硬直がぬぷりと蜜壺に突き刺さった。

すでに十分こなれた肉体に、もはや助走は必要ない。直之はのっけから激しく腰をぶつけていった。

「うおっ……ハアッ、ハアッ、ハアッ」

明菜も状況は同じだった。診察台に汗ばんだ裸体を横たえ、突かれるたびにたわわな乳房を揺らしている。

「あっふ……あんっ、ああっ、んふうっ」

「ハアッ、ハアッ。おお……気持ちいい」

「ああん、わたしも……はひぃっ」

カタカナの「ト」の字に交わる二人。直之は、背もたれからはみ出た彼女の太腿を抱えた姿勢で抽送する。

「ハッ、ハッ、ハッ、ハッ」

「あっ、あんっ、ああっ、んんっ」

とても具合が良い。両脚を踏ん張る直之は、額に汗を浮かべながら思う。

媚肉を掻き回され、身悶える明菜も感じていた。

「んああっ、当たる。先っぽが、奥まで当たるの」

彼女の言うとおり、奥まで突き入れるには恰好の体位であった。

「ハアッ、ハアッ、明菜っ。ううっ、オマ×コが」

「うん、イイッ。もっと――んああっ、突いてっ」

結合部がじゅぷじゅぷと淫らな音を鳴らす。太竿は青筋を立て、下のお口を内部まで触診した。

「ううっ、オマ×コが絡みついてくるみたいだ」

「直之さんも……カリが掻き回してくるのぉ」

「ハアッ、ああ、なんて気持ちいいんだ」

「ああっ、わたしも。ハマッちゃいそうよ――」

明菜は言うと、居ても立ってもいられないとでもいうように諸手を差し伸べる。

「明菜ちゃん、おいで」

すぐに直之は応じ、彼女の腕を取って体を引き起こした。

「直之さぁん」

上体を起こした明菜が肩にしがみついてくる。

直之はその肉体を抱きしめて突く。

「うはあっ、ハアッ、おうっ……」

「イイッ、んああっ、好きぃ」

男女の体は垂直から平行になり、立位に似た形になっていた。明菜が診察台に尻を据えたままなので、むしろ立位より安定して抽送できた。

「ハアッ、ハアッ、ハアッ、ハアッ」

「ああっ、んっ、ハアァ……イイッ」

気付くと、明菜もわずかだが尻を蠢かしている。その様子は、少しでも多くの愉悦を貪るようで、なんともなまめかしい。

「こんな風にするの、初めてよ」

「え……？　だって、健康診断は初めてじゃないだろう？」

「それはそうだけど……あんっ。こんなに何度も求められたのは初めてだわ」

「明菜ちゃんが、電話中にあんなことしなければ……ううっ、俺だって」

「だってぇ、お仕事してる直之さんが、可愛かったんだもん」

「バカだな……」

「んふうっ。チューして」

言い交わす二人の舌が絡み合う。

「べちょろっ、じゅるっ」

「んふぁ……れろっ」

「明菜……」

「直之ぃ……しゅき」

上下の口をピッタリ重ね合い、夢中で体液を混ぜ合わせる。まるで相手の体に溶け入り、一つになろうとしているようだ。

「あんっ、あぁっ、あああ……」

やがて呼吸の苦しくなった明菜は顎を反らし、髪を振り乱し身悶える。

「ねえ、このままわたしを持ち上げて」

「どういうこと」

「駅弁。分かるでしょ？」

「……ああ、そういうことか」

彼女はジッと腰を据えているのに耐えられなくなったのだろう。駅弁スタイルを要求してきた。

もちろん直之にも異存はない。このまま尻を抱え上げればいいだけだ。

「いくよ——せーの、よいっしょ」

「ああん、うれしい」

巨乳の割に、明菜の体は軽かった。運動不足の直之は、体力に自信がある方ではないが、劣情の勢いに任せ、気付けば彼女の体を抱えていた。

「ハッ、ハッ、ハアッ、うおっ」

苦しい息を吐きながら、懸命に突き上げる。

しがみつく明菜は、そんな彼の耳元に熱い息を吹きかけた。

「んふうっ、あんっ。いいわっ、直之ぃ」

「ふうっ、ふうっ、ううっ」

「あんっ、イイッ。子宮に響くのぉ」

媚肉はじゅぷじゅぷと湿った音を立てた。不安定な体位のため、どうしても振幅は小さくなるが、明菜の悦楽は高まる一方のようだ。

「あっふう。あんっ、宙に浮いてるみたい」

「ふうっ、うう……そうか？」

「ん。このままどこかへ……飛んでいっちゃいそうよ」

直之が突き上げるほど、明菜は蕩けていくようだ。

「ひいっ、ふうっ。ぬおぉ……」

だが、間もなく体力の限界が訪れる。日頃の運動不足が祟《たた》り、それ以上は支えていられなかった。

「明菜ちゃん、俺もう――」

直之は最後の力を振り絞り、診察台を目指す。一歩、また一歩と足を踏みしめ、低くなった足置きの側から女の体を横たえさせた。

「ぐふうっ……」

「あんっ」

目論見《もくろみ》は何とか上手くいった。明菜の肢体は診察台のベッドに収まり、正常位に近い恰好になった。

覆い被さる直之は、座面に身を委ねる女を見下ろす。

「ハアッ、ハアッ、明菜ちゃん――」

「んん……」

彼の呼びかけに、明菜は気怠《けだる》げな声で応じた。その瞳は潤み、半開きの唇からは熱い吐息が漏れていた。

「綺麗だよ」

水も滴るいい女、という表現がピッタリだ。乱れた髪は汗ばんだ顔に貼り付き、目元のメイクも崩れかけているが、それがかえって彼女の色香を引き立てている。

「直之さん、チュー」

「うん」

彼女の求めに応じて、直之は唇を重ねる。女体から放たれる甘い香りを貪りながら、音を立てて唾液を啜った。

(なんだか本当に、部長に悪い気がしてくるなあ)

ふと上司の顔を思い浮かべ、直之は心密かに優越感に浸る。キャバクラで散財し、自慢話に愛想笑いをもらうしかできない部長からすれば、まさか部下が美人キャバ嬢と肉を交えているとは思いも寄らないだろう。

「んん……直之さん」

だが、そんな男の自尊心とは別に、明菜は一人の女として魅力的だった。

「明菜ちゃん――」

彼は上体を起こし、肘掛けに手をついて支えを作る。

見上げる明菜は期待に顔を輝かせていた。

「きて。いっぱい突いて」

「ああ、いくよ」

そして、おもむろに抽送が再開される。

「ハッ、ハアッ、ハアッ、ハアッ」

「あっ、ああん、きた……イイッ」

やはり正常位は良い。重力に逆らうことなく、肉棒を繰り出せるのもありがたいが、身悶える女の表情を逐一観察できるのがうれしい。

「ハアッ、ハアッ。おおっ、効くうっ」

「んっ、あはあっ、はううっ、んんっ」

二十六歳の明菜は、悦楽を奔放に表わした。無人のフロアは誰に気兼ねすることなく声をあげられるのに加え、彼女自身が男と交わることを純粋に愉しんでいるのが良かった。

「あふうっ、ああっ。ダメ……イッちゃうかも」

次第に明菜の腰が浮き上がってくる。

肉棒も、これ以上ないほどいきり立っていた。

「ハアッ、ハアッ。俺も——このまま、イクよ」

「イッて。わたしも……あああっ、イイイイーッ」

明菜はひと際高く喘ぐと、堪えきれなくなったように彼を抱き寄せてきた。

「ぐふうっ……明菜あっ」

引き寄せられた直之は彼女を抱きしめ、腰の蝶番《ちょうつがい》だけで小刻みに突く。

「ハアッ、ハアッ、ハアッ、ハアッ」

「んああ、イイ……あふうっ、ダメ」

「ううっ、なんだか締まってきた」

「あんっ、はううっ。硬いオチ×チンで、突き刺してっ」

「ああ、ダメだ。もう出ちゃいそうだよ」

「わたしも……はひいっ、イクッ。イッちゃううううっ」

身悶える明菜の爪が、直之の背中の皮膚に食い込んでいく。

「うぐうっ、明菜っ、明菜っ」

痛みに耐えながら、彼は最後の力を振り絞る。

「ぬああぁぁぁ……」

「はひっ、イッ……イクうううっ！」

ひと足先に明菜が絶頂した。眉間に皺を寄せ、巻き付けた手足を強ばらせながら、媚肉を押しつけてきた。

「ぐはっ、出るっ――」

呻くと同時に、肉棒から熱い塊が迸《ほとばし》る。欲望の燃え盛る魂は勢いよく体内に吐き出された。

「んああっ、イイッ」

白濁液を叩きつけられ、明菜は今一度悦びの声をあげる。自分の意思とは無関係に蠢く尻は、欲望の最後の一滴までを搾り取ろうとするようだった。

直之は全てを使い果たしていた。

「ハアッ、ハアッ、ハアッ、ハアッ」

絶頂してもなかなか呼吸が収まらず、がくりと膝から崩れ落ちる。

その拍子に結合が解かれた。

「――んああっ」

離別の瞬間、最後の衝撃が明菜を襲う。ぐたりと投げ出された脚の間から、愛欲の跡がドロリと流れ落ちていた。


その数日後、直之は見込み客と無事契約を取り付けた。事が上手く運んだのは、明菜のおかげだ。

何も知らない部長にも褒め称えられた。部下があげた成果は、すなわち自分の評価にも繋がるからだ。

直之は、物事が全て上手く運び出したように感じていた。裏健康診断のおかげで肉体ばかりでなく、仕事にも好影響が現れ始めているのだった。

第四章　小児科女医の泌尿器触診

冬晴れの朝だった。直之はリビングでのんびりとテレビを眺めている。ソファにごろりと横たわり、休日らしい怠惰《たいだ》な気分を満喫していた。

そこへ掃除機の音が割り込んでくる。

「ちょっと。ゴロゴロしてないで、外に散歩でも行ってきたら」

妻の邪険な口調に、直之も少しカチンとくる。

「たまの休みなんだ。いいじゃないか」

「ふん」

すると妻は鼻を鳴らし、これ見よがしに掃除機の吸気音を上げ、わざと夫のテレビ視聴を妨害してきた。

「何だよそれ。文句があるなら口で言えばいいだろう」

ついに堪えきれず、直之はむくりと起き上がり言った。

こうなると妻も負けてはいない。

「自分ばっかり大変そうに。いい？　主婦にはね、休日なんてないの。あたしだってたまにはのんびりしたいわよ」

「……すればいいじゃないか」

そう言われてしまえば、直之に返す言葉はない。夫が劣勢になったのを見て取ると、妻はさらに言い募ってきた。

「この一年、旅行も連れて行ってもらえず、毎日毎日家事に追われて——あたしはあなたのお母さんでも、お手伝いさんでもないんだから」

結婚して八年。新婚当時の片時も離れたくないという気持ちなど忘れ、夫婦は日々の暮らしに倦怠感ばかりが積み重なっていく。いつしか夜の営みからも遠ざかり、最近ではつまらないことで言い争うことが多くなっていた。

「もういい。出かけてくる」

「そうして」

直之は言い返せない苛立《いらだ》ちに胸をむかつかせながら、その場から逃げ出すように玄関から飛び出した。

夫婦喧嘩で休日気分はすっかり台無しだ。

（なんでこんなことになってしまったのだろう）

直之は歩きながら考える。妻から離れることで少し冷静になると、二人が恋人だった頃の懐かしい思い出が蘇ってくる。

子供でもいれば、また少しは違っていたのかもしれない。だが、今の調子が続くようなら、どちらかが離婚を切り出すことも、あり得なくはない。

その一方、裏健康診断は最終段階に入っていた。この日も予定が入っており、元々出かけるつもりだったのだ。

「まだ少し早いな」

しかし予約の時間には少し間があったため、直之は駅前のファストフードで時間を潰してから向かうことにした。

ようやく約束の十時前になり、直之はバスで十五分ほどの近隣町に降り立つ。駅前にちょっとした商店街がある住宅地だ。

指定の住所にあったのは、一軒家のクリニックだった。他の住宅と変わらない大きさの建物は、外壁が淡いピンクで彩られ、看板にも可愛らしい動物のイラストが描かれている。

「ここか」

看板には、『森陽子《もりようこ》小児科クリニック』とあった。芹那が送ってきた検診会場に間違いない。

案内によれば、この日の午前中は休診らしい。もちろんそうでなくては困る。しかし、子供のいない直之からすると、小児科クリニックというのは、どうにも入りづらい雰囲気があった。

(どうせ他の患者がいるわけじゃないんだ)

いつまでも家の前でウロウロしているわけにもいかず、彼は思いきって診療所の門を叩いた。

「ごめんください」

休診中の札が掛かったドアを開き、声をかけると、中から現れたのは思いのほか若い女性だった。

「お待ちしていました、工藤さんですね」

「ええ……はい。神林先生から紹介を受けまして——」

「どうぞ。遠慮しないでお上がりください」

院長の森陽子は、満面の笑みと朗《ほが》らかな口調で迎えてくれた。少し身構えていた直之であるが、彼女の笑顔に接すると、自然と肩の力が抜けていく。

「お邪魔します」

クリニックは玄関で靴を脱ぐようになっていた。

内装も子供向けに作られていた。受付にはカラフルな椅子が置かれ、幼児が病院を怖がらないように壁にも怪獣の絵などが描かれている。

「どうぞこちらへ」

先に立って歩く女医の白衣も独特だった。形こそ半袖Vネックの一般的なものだが、ピンク地に白い花柄があしらわれているのだ。彼女の柔らかい雰囲気と相まって、大人の男から見ても、思わず笑みがこぼれてしまう。

陽子が案内したのは、キッズルームだった。待ち時間などに子供が飽きないよう、玩具や絵本などが置かれたスペースだ。

三十五歳の直之はとまどいを隠せない。

「あの……ここって」

すると、陽子はニッコリ微笑み言った。

「先生は少し準備があるから、直之くんはここで遊んで待っていてね」

「え……直之、くん……？」

彼女はそれだけ言うと、彼を残して行ってしまう。

キッズルームに一人残された直之は、仕方なく床に腰を下ろす。ここにも子供がケガしないように配慮されており、柔らかいマットが敷かれていた。

「一体、何だったんだあれは」

去り際の陽子が放った口調が引っ掛かる。明らかに大人が幼子に向かってする喋り方だった。それとも職業病というやつだろうか。

手持ち無沙汰の直之はスマホを取り出し、クリニックのサイトで女医のプロフィールを確認した。

「二十九歳か——あの先生、俺より六つ下なんだ」

若いはずである。つまり、自分が小学六年生のときに彼女は一年生だったということだ。玩具に囲まれているせいだろうか、そんなくだらないことを考えていると、陽子が戻ってきた。

「ごめんね、直之くん。それじゃあ診察を始めましょうね」

一見何も変わっていないようだが、よく見ると違う。トップスはさっきと同じピンク地の白衣を着ているが、下は穿いていたパンツを脱いで素足を晒していたのだ。白衣がギリギリ腰まで覆っているものの、ほとんど太腿の付け根まで丸出しだった。

「すみません、先生。ちょっとお伺いしたいのですが――」

気を呑まれた直之が言いかけると、陽子は顔の前に指で「バツ」を作った。

「メッ。ダメよ、子供がそんなかしこまった言葉を使ったら」

「……あー、なるほど」

ようやく彼にも合点がいった。幼児プレイをしようというのだ。

陽子が近づき、しゃがみ込む。

「じゃあ、改めて自己紹介するね。わたしは陽子先生です」

「陽子先生」

直之は精々子供らしくしようと反復するが、どうもこそばゆい。こんなイメージプレイなどこれまで経験がなく、勝手が分からなかった。

その辺りは、陽子が巧くリードしてくれた。

「無理に声まで変えなくていいのよ。さあ、今日はどこが悪いのかしら」

「えっと……お腹がヘンなんだけど」

問診に答えつつも、直之の視線は女医の下半身に向けられていた。ただでさえ丈《たけ》の短い白衣が、しゃがんでいるせいで尻まで丸出しなのだ。成熟した女の脹ら脛が目に眩しい。

「そっか。ポンポンが痛いのね」

「うん」

「分かった。じゃあ、そこにおねんねして。先生が診てあげる」

「はい、陽子先生」

直之は素直な子供を演じ、仰向けに横たわる。まだどこか不自然さは残るが、陽子の包み込むような笑顔に心が解れ、徐々にプレイにのめり込んでいった。

優しい女医は、患者の脇に脚を横へ崩して座った。

「どの辺りが痛いのかな？　先生が触っていくから、痛かったら言ってね」

彼女は言うと、彼のシャツをめくり、腹に手を当てて、その上から指でトントンと叩いてきた。

「ここは？　痛くない？」

「うん。平気」

直之は女医の手の温もりにウットリしつつ、横目で太腿の奥を盗み見る。パンティーもピンク色だった。座っているため土手の形までは分からないが、うっすらと割れ目のような影まで見える。

陽子は触診を続けながら話しかけてきた。

「直之くんは電車が好きなの」

近くにたまたま電車の玩具が転がっていたのだ。直之も調子を合わせる。

「うん。お母さんと、よく見に行くよ」

「そう、いいわね。陽子先生も好きよ」

甘やかな時間が流れていた。陽子は話しかけるたび、いちいち相手の目を見て微笑《ほほえ》みかけた。その慈《いつく》しむような母性に、直之も次第に相手が六歳年下だということを忘れていった。

「陽子先生」

「ん。なぁに？」

「ポンポンの下の方が、ヘンな感じになってきちゃった」

目の前の白い太腿が、直之の大人の部分を刺激してくる。下着の中で逸物は膨れ、ズボンを持ち上げつつあった。

そんな患者の異変を目にしても、陽子の優しい態度は変わらなかった。

「じゃあ、ここも診てみるから、ズボンを脱ぎましょうね」

彼女は言うと、自ら彼のズボンを脱がせてくれる。もちろんパンツも一緒だ。

まろび出た肉棒は、すでに八割がた勃《た》っていた。

「あら、不思議ね。直之くんのオチ×チンが大きくなってる」

「ふうっ……うう」

普段のプレイでは感じたことのない羞恥が、直之の全身を熱くする。

「先生、恥ずかしいよ」

「ん？　どうして」

かたや陽子は平然と指で亀頭をつまんでくる。

愉悦の衝撃に直之は思わずビクンと震えた。

「はうっ……そ、そんなことされたら――」

「ジッとしてなきゃダメよ。どこが悪いか確かめているんだから」

「だって――ううっ」

陽子はソフトタッチで雁首を転がし、裏筋を撫でた。

肉棒はもはや怒髪天を衝いている。

「ハアッ、ハアッ」

「オチ×チンが硬ぁくなってきたね。なんでだろうね」

弄ぶ指はやがて太茎に巻き付き、上下に扱き始めた。

「ハアッ、ハアッ、ああ、陽子先生」

「ほら、先っぽからお汁が出てきた。ここが気持ちいいの？」

「う、うん……陽子先生の手、気持ちいいよ」

「悪い膿《うみ》は全部出してあげなきゃね。シコシコシコシコ」

陽子は語りかけながら、自分も横たわり、添い寝して手扱きを続けた。

「オチ×チン気持ちいい？」

「うん、とっても。ハアッ、ハアッ」

「先生、直之くんのオチ×チン大好きよ。カッコイイ」

耳元に囁くように言われ、直之はいやが上にも劣情を駆り立てられる。

「ハアッ、ハアッ、もうダメだよ……」

「何がダメなの。気持ちよかったら、先生の手の中にいっぱい出していいのよ」

扱く手が徐々に強くなってきた。

「ハアッ、ハアッ、ハアッ、ああもう」

女の甘い香りが鼻をくすぐる。ペニスは反り返り、先走りを盛んに漏らしていた。

陽子の唇は、もはやほとんど耳に触れていた。

「我慢しなくていいのよ。直之くん」

「うう……ハアッ。本当にもう――」

「出ちゃう？　気持ちよくて、オチ×チンから精子が出ちゃうの？」

そのとき彼女の舌が耳たぶを舐めてきた。

衝撃が肉棒を襲う。

「うはあっ、出るうっ！」

白濁が盛大に噴き上げた。愉悦は凄まじく、直之は頭が真っ白になった。

「まあ、すごい」

陽子は大げさに彼の射精を褒めてくれる。そして手を白濁塗《まみ》れにしながら、徐々にストロークを緩《ゆる》めていった。

「いっぱい出たね。直之くん、頑張ったね」

「ハアッ、ハアッ、ハアッ……陽子先生」

肉棒の猛りは収まらなかった。手扱きで一発抜かれたことで落ち着くどころか、かえってエンジンが本格的に回り始めたようだ。

陽子は直之をベッドに誘った。

「直之くん、こっちにいらっしゃい」

「うん」

ベッドは一般的な病院にある無機質なものでなく、木を使った暖かみの感じられるものだった。子供向けなのだろうが、一応普通のシングルサイズである。

「ほら、どうしたの。早くおいで」

陽子はベッドに横たわるのではなく、壁にもたれる恰好で腰を下ろす。

すでに全裸の直之は、期待に胸をときめかせつつ疑問を口にした。

「陽子先生、何をして遊ぶの」

最初こそ恥じらっていたものの、いつしか自然に拙《つたな》い口調になっている。

陽子は言った。

「お腹が空いたでしょ。オッパイの時間よ」

彼女は挑発的な視線を送りながら、裾から白衣をまくり上げて脱いだ。

ブラは着けていなかった。ぷるんとみずみずしい双乳が現れる。

「ああ、綺麗だ――」

直之の口をついて出たのは、成人男性らしい感想だった。

だが、それを陽子は叱らなかった。

「おいで、直之ちゃん」

「――うん、ママ」

幼児から乳児へと、さらに精神は退行し、直之は這うようにベッドに登り、母性の源を目指していく。

見上げた先にはピンク色の乳首と、その奥に優しい笑顔があった。

「陽子ママのオッパイ」

「そうね」

「いただきます」

乳児にしては礼儀正しく言うと、彼は尖りを舌で迎えて口に含んだ。

「ちゅぱっ、んむう」

「良い子ね、いっぱい飲むのよ」

「んむ、んむ、ちゅううっ」

柔らかな肌に鼻を埋め、直之は音を立てて乳首を吸った。もちろん母乳が出るわけではない。それでも乳を吸うという行為には、普段では感じられないノスタルジックな思いが胸を満たすのだった。

陽子は、大きな赤ん坊の頭を撫でながら声をかける。

「そうよ、とっても上手。いっぱい飲んで、大きくなるの」

「ん。ちゅぱちゅぱ、みちゅっ」

だが、やはり直之は男だった。無我夢中で吸ううち、無意識に舌を使っているのだった。

「ちゅばっ、レロッ。むふうっ」

すると、陽子も反応せずにいられない。

「あんっ……。ダメよ、ベロで転がしたりしちゃ」

「だって……ちゅばっ。陽子先生のオッパイって、良い匂いがするんだもん」

「んふうっ、もう——悪い子ね」

「陽子先生——」

もはや辛抱たまらず、直之の手がもう片方の膨らみを揉みしだく。

「あっふ……ダメ。先生も気持ちよくなっちゃう」

陽子の声が甘く蕩けていく。

敏感な反応を得て、肉棒はさらに重苦しさを訴えてきた。

「レロレロッ、みちゅうぅ……ちゅばっ」

「あっ、ああっ。イヤ……」

陽子はついに堪えきれなくなったのか、彼の揉みしだく手を押さえてきた。

だが、愛撫を止めさせようとしたわけではなかった。

「直之くん――」

「んー？」

「直之くんはもうお兄ちゃんだから、オッパイだけじゃなくて、女の子のカラダの仕組みをちゃんと教えてあげなくちゃね」

「ぷはっ……陽子先生？」

思わず顔を上げる直之に対し、彼女は上気した顔でニッコリ微笑みかける。

「手を貸してごらん」

「うん」

女医の手が導く先は、パンティーの中だった。

手のひらに女の温もりを感じながら、下腹部を滑っていく。やがて柔らかな恥毛が蔓延《はびこ》る土手を過ぎると、ぬかるみが指に触れた。

「あんっ、ここが女の子の大事な所よ」

「なんかヌルヌルしてる」

「割れ目があるのが分かる？　ここから赤ちゃんが生まれるの」

性教育を授かりながら、直之の手は実物を確かめていった。

「ホントだ、パックリ割れているよ。このビラビラしたのはなぁに？」

「あんっ、それは――小陰唇って言うの」

「しょういん……僕、知ってるよ。オマ×コでしょ」

直之は興奮に鼻息を荒らげながら、一本の指を花弁のあわいに差し込んだ。

「あふうっ、ダメ……オマ×コなんて。直之くん、そんな言葉どこで覚えたの」

「触ってるだけじゃよく分からないよ。陽子先生のオマ×コが見たい」

「もう、しょうがないわね」

陽子は彼の賢《さか》しらな態度をたしなめつつも、自らパンティーを脱ぎ捨てた。

「さあ、よく見てごらん」

そして脚を大きく広げ、白日の下に女性器を晒す。

股間に回り込んだ直之の目の前には、濡れ光る媚肉があった。

「陽子先生のオマ×コ、きれいだね」

「上の方に出っ張ってるのがあるの、分かる？　お豆さんみたいなの」

「うん、分かるよ。赤くなってる」

「ここをね、こうすると皮が剝けるの」

彼女は言うと、二本指で肉芽の包皮を剝いてみせる。

「クリトリス、って言うのよ」

「何をするところなの？」

三十半ばで妻帯者の直之は先刻承知でありながら、無知なフリをして訊ねる。

陽子もまた彼の演技に合わせる。

「機能的にはね、特に意味はないの」

「じゃあ、なんであるの」

「触られると気持ちいいのよ」

「わあ、オチ×チンと一緒だ」

「そう。女の子のオチ×チンね」

「舐めてみていい？」

「いいわよ。直之くんのベロでペロペロして」

「やった」

台詞こそプレイの一環であるが、いつしか直之は本当に童貞に戻っているようだった。生まれて初めて女性器を目にしたときの興奮が、新鮮な感動とともに蘇ってくるのを感じた。

「陽子先生のオマ×コ、エッチな匂い」

彼は口走ると同時に肉芽にしゃぶりついていた。

「じゅぽっ、びじゅるるるっ」

「はうっ、んあっ……いきなりそんな激しく吸っちゃ……」

とたんに陽子は身悶える。

「プリプリして――ちゅぱっ。だんだん硬くなってきた」

「ああん、そうよ。オチ×チンと同じで、気持ちよくなると勃起するの」

「んむうっ、陽子先生のクリトリス美味しいよ」

相変わらず子供っぽい口調の直之であるが、舌使いは大人の巧みな愛撫を繰り出していた。

すると、さすがの陽子も切ない声をあげ始める。

「あんっ、イイッ。直之くぅん」

「びじゅるっ、じゅぽっ」

「んねえ、キスしよう――」

鼻に掛かった声で彼女は言うと、強引に彼の頭を引き上げた。

「陽子先生」

直之は口の周りを牝汁でベトベトにし、女の唇を奪う。

「んふうっ、直之……くん」

「ふぁう……」

双方から舌が差しのばされ、絡み合う。

「陽子先生の唾液――」

「んんっ、直之くんのベロ――」

濃厚なキスは大人の味がした。互いの唾液を啜り、顎の裏を舐める。

「むふうっ、ふうっ」

肉棒は痛いほどにいきり立っていた。直之の手は、無意識のうちに媚肉を掻き回していた。

「んんっ、ふぁう……らめ、感じちゃう」

陽子はキスと手マンに蕩けてしまう。彼を子供扱いし、これまでずっと上位に立って導いてきたものが、今にも崩れそうだった。

「レロッ……ああん、イイ……」

だが、ギリギリのところで彼女は踏みとどまった。直之の手を優しく、しかし力強く退かせると、立場をハッキリさせるように言った。

「オチ×チンがムズムズするのね。いいわ、先生のアソコに挿《い》れてあげる」

「オマ×コに挿れていいの」

「ええ。だから、直之くんはそこに寝てちょうだい」

「うん、分かった」

直之は仰向けに横たわる。太茎は青筋立っていた。

その上を陽子が跨がってくる。

「女の子のここにね、オチ×チンを挿《い》れるのよ。よぅく見ててね」

「ビラビラのところ？」

「そう、ビラビラの間に開いた穴に──」

彼女は質問に答えながら、逆手に持った肉棒を蜜壺へと導いていった。

張り詰めた肉傘が、媚肉に埋もれていく。

「おうっふ……」

「んあ……入ってきた」

陽子は息を吐きながら、腰を沈めていった。

「ああ、ヌルヌルするよ。先生」

竿肌を伝い、挿入の愉悦が全身を貫《つらぬ》く。

悦びは陽子の肉体をも打ち震わせた。

「あっ……直之くんの大きいので、先生の中がパンパン」

「陽子先生の中、あったかいよ」

「気持ちいい？」

「うん」

「もっと気持ちよくなろうね」

ひとしきり充溢感を堪能すると、陽子は上で腰を振り始めた。

「んあぁっ、イイッ」

しかし、最初は感触を試すような、小刻みな前後運動だ。

「あっ、あぁっ、あんっ」

「おうっ……ああ、陽子先生……」

無数の肉襞に太茎を撫でられ、直之を快感が襲う。もちろん騎乗位が初めてというわけではない。だが、幼児プレイで精神的に童貞化した彼には、まるで筆おろしのような衝撃と快感をもたらしていた。

「陽子先生のオマ×コ、すごいよ」

「あっふ……そう？　先生も気持ちいいわ」

土手を擦りつけるようにしていた陽子が、やがて縦の動きに変わっていく。

「あっ、あんっ、あぁっ、んふうっ」

太竿に絡みついた花弁が、尻を上げるたびに伸び縮みする。

陽子の喘ぎ声が艶を帯びてきた。

「あふうっ、んっ……ああん、すごい」

「先生も感じてるの」

「うん、とっても――んああっ、カリが擦れる……」

躍動する肉体は美しかった。聖母のような慈愛に満ちた小児科医のオーラは、彼女の肉体そのものに宿っていた。一糸まとわぬ姿で欲望を貪っているときでも、表情や仕草にはどこか男の甘い郷愁を誘うのだった。

「ああん、先生も蕩けちゃいそう」

「おうっふ、陽子先生っ」

「オチ×チンがムズムズするの、収まってきた？」

「うん……でも、今度は違うムズムズが――ううっ」

「わたしも気持ちいいの。んっ、直之くぅん――」

陽子は呼びかけると覆い被さってきた。

直之は突き出された唇を貪り吸う。

「びちゅるっ……ふぁう、陽子先生大好きだ」

「わたしも……レロッ。んふうっ、いっぱいキスしよ」

「先生っ……」

愛欲に駆られた舌は淫らに交わり、互いから悦楽を奪い取ろうとするようだった。

汗ばんだ肌が触れ合い、絡みつくごとに興奮も高まっていく。

「ハアッ、ハアッ」

「あんっ、あああっ」

再び起き上がった陽子が息を弾《はず》ませ、尻を縦横無尽に揺さぶった。

「あああん、すごぉおおい」

「先生っ、陽子先生ヤバイよ」

「直之くんの感じてる顔、エッチだわ。先生も感じちゃう」

「陽子先生もエロい顔してる」

「奥に――奥に当たるのぉ」

昂《たか》ぶるにつれ、陽子もなりふり構わなくなってきた。彼の腹に両手を置き、雁首の引っ掛かりを愉しむがごとく、尻をくいっくいっと持ち上げるようにした。

「あっふう……」

そして顔にはウットリとした表情を浮かべ、快楽を貪るのだ。

その反動は直之にも返ってきた。

「うはっ……おうっ、すごい」

まるで媚肉が絡みついてくるようだ。ゾクゾクするような愉悦が背筋を駆け上っていく。

「女の人のカラダって、魔法みたいだ」

「魔法？　どんなところが」

「だって、ううっ……ビラビラが絡みついて」

「オチ×チンが気持ちいいの？」

「うん。さっき手でシコシコされたのも良かったけど、こっちの方がもっと……うぐうっ」

「あんっ、直之くんってエッチで良い子ね」

陽子は言うと、背中を反って重心を後ろへ倒す。そして膝を折ったまま、足首に手をつき体を支えて腰を振り続けたのだ。

「あふうっ、イイッ」

裏筋側に押しつけられた硬直が悲鳴を上げる。

「うはあっ、陽子先生……」

思わず直之は呻いた。苦しみと快感が同時に襲いかかるのだ。

「あっ、ああっ、あんっ」

「ハアッ、ハアッ、ハアッ」

体位で言えば、茶臼《ちゃうす》に近い形だった。互いに反り返っているため、結合部がよく見える。咥え込んだ花弁が欲汁の跡を引き、ぬめり光る太竿が出たり入ったりした。

陽子は天井を仰ぎ、髪を振り乱して欲悦に浸る。

「あっふう、イイッ……硬いのが」

「陽子先生のオマ×コが丸見えだ」

「見える？　先生のオマ×コ、好き？」

「う、うん。ぬあぁ、ヌルヌルする」

「おいで。直之くんとまたキスしたくなってきちゃった」

陽子が両手を差し伸べてくる。

直之は起き上がり、女医の体を抱きしめた。

「陽子先生——みちゅ」

「んふうっ、レロッ」

対面座位に変じ、キスを貪る。密着度が上がり、興奮はいや増した。

「先生の体、あったかいよ」

直之の手が密着した体の間に差し込まれ、乳房をもぎ取った。

「あっふ……ダメ……」

陽子が身悶え、キスが解けてしまう。

すかさず直之は彼女の首筋に吸いついた。

「陽子先生と、ずっとこうしていたいよ」

「わたしも……。直之くん？」

「ん？」

「中で、出していいのよ」

彼女の吐息混じりの言葉に、思わず直之は顔を上げた。

「中で、って……いいの？」

「うん。いっぱい出してね」

「陽子さんっ」

思わず役柄も忘れ、直之は彼女の名を呼んでいた。

悦楽に耽る陽子も、その誤りを訂正するのを忘れていた。

「直之くぅん――」

甘い声をあげながら、男の上で腰を振る。

直之はその体を支え、揺さぶりやすいように手伝ってやった。

「ハアッ、ハアッ、ハアッ」

「あっ、あんっ、あううっ」

結合部がじゅぽじゅぽと濁った音を立てる。

カーテン越しの柔らかな日差しが、部屋中に転がった玩具に陰影を作っていた。原色のカラフルな彩りの中で、男女の交わる肉体だけが、その場にそぐわない淫らさで浮き上がっていた。

「直之くん、先生、もう我慢できないみたい」

不意に陽子が弱音を漏らす。

だが、直之も同様だった。

「ぼ、僕も……ううっ、もう出そうだ」

「また仰向けになって。思い切り感じたいの」

「うん、分かった」

それでも主従の関係は保たれていた。直之は陽子に言われるまま、ベッドに背中を倒していく。

上になった陽子は胸を喘がせていた。

「いい？　いくわよ」

「うん」

見上げる直之を前に、彼女は尻を上下させ始める。

「ああっ、あんっ。これ、イイッ」

「おうっ……うはあっ、すごいよ。陽子先生」

「んっ、あふうっ、先生のオマ×コ、蕩けちゃううっ」

先ほどよりも激しい腰使いだった。陽子は思い詰めた表情で尻を蠢かし、欲望の果てを極め尽くそうとしていた。

「あんっ、ああああっ、すごぉおぉい」

「陽子先生っ、僕も……」

「オチ×チン、いいの？　出そうになってきた？」

「う、うん。だって、激しくて——ああっ、出るううっ」

直之は舞い踊る女医を見上げつつ、白濁液を噴き上げた。

「んふうっ、ああ……」

すると陽子も目を瞑り、太腿を締めつけてくる。

「イクッ……ダメえええっ、イクうううっ！」

そして喉から振り絞るような声をあげ、前のめりに倒れ込むと、彼にしがみついてきた。

「うはあっ」

「あああん、イイイイーッ」

絶頂の煽りを受け、さらに肉棒は残り汁を吐いた。

「あああ、ステキ……」

すると陽子はウットリするように呟き、ぐたりと脱力するのだった。

「ハアッ、ハアッ、ハアッ」

「ひいっ、ふうっ、ああ……」

悦楽の瞬間が過ぎ、呼吸を整える二人。絶頂の余韻はしばらく後を引いた。

「良かったわ。先生、イッちゃった」

やがて陽子は言うと、大儀そうに上から退く。

「僕も——いっぱい出たよ」

「そう……みたいね」

膝を立てた陽子の股間からは、溢れた白濁が内腿を伝い落ちていた。

激しい交合の後、陽子は直之をクリニックの奥に併設する自宅へ連れて行った。

「少し休憩しましょう。シャワーを浴びてくるといいわ」

そう言って、浴室に案内してくれたのだ。

「ありがとう。そうするよ」

直之は素直に厚意を受けることにした。どうやら彼女はまだ彼を帰したくないようである。

バスルームで汗を流しながら、直之は独りごちた。

「彼女はこの一軒家に、独りで暮らしているのだろうか……」

夫婦でマンション住まいの彼には羨ましくもある。浴槽にはジェットバスが付いていた。以前から妻が欲しがっていたものだ。

脱衣所にはバスローブが用意されていた。それも高級品だ。開業医らしい生活の余裕が見てとれるが、その一方で素朴な疑問も湧いてくる。

（いつもこんな風に男を連れ込んでいるのかな）

慈愛に満ちた陽子の笑顔や、なまめかしい肉体を思えば、求婚者などこれまでいくらでも現れたはずだという気がする。

そこへ当の本人が、自分もバスローブ姿で現れた。

「出たのね。お茶を淹《い》れたからどうぞこちらへ」

「う、うん。ありがとう」

いつの間に彼女は着替えたのだろう。アップにした毛先が濡れており、いかにもシャワーを浴びた後という風情だった。他にも浴室があるのだろうか。

陽子は彼をリビングダイニングに案内してくれた。

「そちらにお座りになって」

口調も先ほどまでとは違っていた。大人同士にする態度だ。

直之はソファに腰を下ろす。

「いい家だね」

「そう？　ありがとう。ローズヒップティーよ、落ち着くわ」

「ありがとう」

陽子は彼の隣りに座り、ティーポットからお茶を注いだ。

ヨーロッパのアンティーク家具で統一されたリビングは、家主の趣味の良さを思わせた。ガラス戸棚には漆器が飾られ、壁には大きな絵が掛かっている。

（こんな女性がどうして――？）

才能と環境に恵まれ、満たされた暮らしに不満があるのだろうか。そんなことを直之がボンヤリ考えていると、陽子は自ら経緯を語り出した。

「こう見えて、病院経営も楽じゃないのよ」

「そうなの？　十分成功しているように見えるけど」

「そうね。経済的な面で言えば、確かに困ってはいないけれど」

陽子はティーカップを両手で抱え、ふーふーと熱さを冷ましながら続ける。

「――出会いっていうものが全くないの。時間がないのね。患者さんの診察だけじゃなく、いろいろと雑務もあるし」

「ああ、経営者でもあるからね」

「そう。でもね、それだけでもないんだ」

彼女は寂《さび》しそうに言うと、カップをテーブルにことりと置く。

直之は訊ねた。

「芹那さんのプログラムに参加した理由？」

「ええ。つまりその……女で小児科医なんかしているとね、プライベートで、どうしてもさっきみたいなプレイを求められちゃうの」

「さっきみたいな……」

幼児プレイのことを言っているのだろうか。彼女がイヤイヤやっていたのだとしたら、幼児になりきって興奮していた自分が恥ずかしい。

「ごめん。ちっとも知らなくて、俺――」

直之が済まなそうに言うと、陽子は慌てて否定した。

「ううん、誤解を与えたならごめんなさい。どうしてもイヤってわけじゃないの。直之さんは悪くない。誘導したのはわたしだし、わたしもそう言いながら、結構楽しんじゃってるから」

「それならいいけど」

「芹那先生とも合意済みなのよ」

「うん」

「だからそれはそれ。だけどさ、わたしだって女じゃない？　だから――」

「たまには甘えたい？」

直之が訊ねると、陽子は恥ずかしそうに微笑んだ。

小児科医として、日頃子供相手に優しく接するのが習性になってはいても、やはり一人の女であることに変わりはない。本心では男に頼りたいのだ。

「嫌だ。わたし、何言ってるんだろう。こんなこと、話すつもりじゃなかったのに」

陽子は朗らかに笑いながら言った。

弱みを見せてなお、強がろうとする彼女の姿に、直之は胸が締めつけられた。

「陽子先生……」

彼女の肩をそっと抱き寄せる。寂しげな女医の肩はあまりに細く感じられる。幼児プレイをしていたときには、まるで気がつかなかった。

一方、陽子も逆らわずに身を委ねている。

「陽子、って呼んで」

「――陽子」

「直之……さん」

甘いキスが始まった。だが、互いを貪るような激しいキスではなく、小鳥がついばむような甘やかな口づけだ。

直之は陽子に愉悦のお礼がしたかった。人生で経験したことのない、新鮮な悦楽を与えてくれた彼女に、自分のできる感謝を伝えたかった。

「陽子が欲しい」

それには年上の男らしく迫ることだ。彼の思いは陽子にも伝わった。

「寝室までわたしを抱いて連れて行って」

「いいよ」

直之は立ち上がり、陽子の体を抱き上げた。

「意外と軽いんだね」

「意外と、ってどういう意味？」

睨《にら》む真似をする陽子だが、その顔は男の胸に抱かれ、うれしそうだった。

直之は彼女をお姫様抱っこしたままリビングを出て、ベッドルームへと運んでいった。

「ここよ」

案内された寝室には、セミダブルベッドが置かれていた。この広いベッドに彼女は一人で寝ているのだ。

直之は細心の注意を払い、陽子の体をそっと下ろす。

「直之さんって、優しいのね」

「君がステキな女性だからさ」

結婚前の妻にも言ったことのないような、キザな台詞が自然と口をついて出る。

直之は自分も彼女の側に横たわった。

「白衣の陽子先生も綺麗だったけど、ベッドの陽子はもっと魅力的だ」

「本当？」

陽子は上目遣いで彼を見つめながら問い返す。その照れている様子が愛らしかった。

「本当さ。可愛くて、ムラムラする」

直之は語りかけながら、ローブの襟を開かせ、乳房の突起を口に含んだ。

「ちゅぱっ」

「あんっ、直之さんのエッチ」

非難する声には媚びが含まれている。

直之の劣情に火がついた。

「あぁっ、陽子っ」

「ああん、直之ぃ」

瞬《また》く間《ま》に互いのローブが脱ぎ捨てられ、肉体が絡み合った。

「ちゅぱっ、ちゅぱっ、むふうっ」

直之は上にのしかかり、両手で乳房を揉みほぐしながら、乳首を吸った。

すぐに陽子も喘ぎ声をあげる。

「んあっ、あふうっ、んっ」

「陽子の乳首、可愛いよ……んちゅううっ」

「あうっ……ダメ。そんなにちゅうちゅう吸ったら――」

「んぱっ。陽子、陽子っ」

勃起した乳首を吸いながら、割れ目に手をやる。そこはすでに洪水だった。

「あっひ……イイッ。んああっ、直之さぁん」

陽子は激しく身悶え、白い裸身をくねらせた。

直之は最初から二本の指を蜜壺に突き立てる。

「陽子のオマ×コ、中がヌルヌルだ」

「あんっ、だって……ああん」

「気持ちいい？」

「うん。でも……ああっ。欲しいの」

「何が。オマ×コ掻き回されるの、好きでしょ？」

「好き――だけど、直之さんの……ああん、オチ×チンが欲しいよぉ」

ついに白状させられた陽子は、恥ずかしさを誤魔化すためか、自ら腰を振って淫らにおねだりするのだった。

「ハアッ、ハアッ、ハアッ」

肉棒はすでに勃起していた。直之は息を荒らげつつ、股の間に割って入る。

「いくよ」

「うん、きて」

洗いざらしの太竿は青筋立てて反り返っている。彼は興奮も新たに硬直を花弁のあわいに突き立てた。

「はううっ……」

「んあっ、きた……」

ぬぷりと貫いた肉棒は、根元まで媚肉に埋もれていた。陽子はウットリした表情を浮かべ、男の侵入を歓迎した。

直之は正常位で抽送を繰り出す。

「ハアッ、ハアッ、ハアッ」

「あっ、あんっ、イイッ」

「こうして欲しかったんだろう？」

「うん。こんな風に男の人に抱かれて……あふうっ、直之さん」

うなじを上気させ、鼻に掛かった声で喘ぐ陽子は、子供を見守る小児科医ではなく、二十九歳の一人の女に戻っていた。

「いっぱい抱いて……んああ、力強いのね」

上から押さえ込まれ、突かれることに悦びを感じていた。

職業柄、表には出さない女らしさ、か弱さを見せつけられ、直之の腰の振りにも力がこもる。

「陽子っ、可愛いよ、陽子」

牡の本能が刺激され、ますます愉悦は高まるのだった。

やがて直之は片方の脚を脇に抱え、さらに奥へと突き入れる。

「ハアッ、ハアッ、ぬおぉ……」

すると、陽子も敏感に反応する。

「あっふ……イイッ、もっと、んああっ」

顎を反らし、盛んに身を捩って快楽に浸った。ルージュを引いた唇が、切ない息を吐いている。女の体は熱を帯び、秘部から愛液を溢れさせた。

「ぬおぉぉぉ、締まる……」

「はうぅ、あんっ。もっとぉ」

直之は快楽の命ずるままに腰を打ち付けた。太竿を襞肉が滑り、ぬめりを帯びてみっちりと包み込んでくる。

たゆみない悦楽がさらに欲望を刺激した。

「後ろから、きて――」

喘ぎながら陽子は言った。

もちろん直之にも異存はない。いったん離れ、それぞれ姿勢を変える。

「エッチなお尻だ」

膝立ちになった直之は、差し出された丸い尻を撫でさすった。

肘を突いた陽子が鼻声を鳴らす。

「ああん、ダメぇ」

さっきの小児科医とは別人のように、陽子は腰をくねらせ、愛されたい女の性を前面に出していた。

「ハアッ、ハアッ」

直之は呼吸を荒らげ、硬直を花弁に突き刺す。

「うはっ……」

「あっふう……」

再び繋がると、陽子は切ない声をあげた。

肉棒は根元まで埋まっている。

「陽子の中、あったかいよ」

「直之さんのも熱くて……ああっ」

直之の腰が徐々に動き始める。だがゆっくりと、最初は具合を試すように。

「あんっ……直之さんってば」

「感じる？　チ×ポが出たり入ったりしているの」

「感じるわ……あふうっ、んんっ」

振幅は少しずつ大きくなっていく。それにつれて陽子の吐く息も次第に深く、長くなっていった。

「んああ、ダメぇ……」

俯《うつむ》いた陽子は、じっくりと肉棒の感触を味わっている。ときおり驚いたようにビクンと顎を上げては、またうな垂れて快楽に意識を集中させるのだ。

（いい女だ）

直之は腰を使いながら、つくづく思う。病院経営に忙しいという理由で、女盛りの体を持て余しているというのは、もったいないを通り越して自然への冒涜《ぼうとく》とすら感じてしまう。

「陽子ぉ……」

快楽の波が下半身から突き上げてくる。彼は尻たぼを両手でつかむと、いきなり激しい抽送を繰り出していた。

「ハアッ、ハアッ、ハアッ、ぬおぉ」

「んあっ、イイッ――」

突然襲いかかった激震に陽子は喘ぐ。

「あっひ……ダメぇっ」

自分の腕に顔を伏せて、大声が出てしまいそうなのを堪えていた。背中の反りは深くなり、貫く槍を受け止めていた。

その反動で括約筋が締めつけられる。

「うはあっ、陽子ぉ……」

太茎に衝撃が走った。危うく漏れ出そうになる直之だが、間一髪《かんいっぱつ》堪え、代わりにガバと身を伏せて、両脇から揺れる乳房を揉みしだく。

「ハアッ、ハアッ、ハアッ」

「ああっ、直之ぃ……ああんっ」

ところが陽子は悦楽に耐えきれず、うつ伏せに潰れてしまう。

「あっふ……ううっ」

「あ……。大丈夫？」

勢いで結合が解けてしまった。直之が心配して声をかけると、陽子はゆっくりとこちらを向いた。

「直之さんって激しいのね」

トロンとした目で見上げる顔が、なんとも艶っぽい。

「――きて。いっぱい感じさせて」

「ああ」

差し伸べられた腕に飛び込むように、直之は上から彼女を貫いた。

また抽送が始まる。

「ハアッ、ハアッ、ハアッ、ハアッ」

「あんっ、あっ、ああっ、イイッ」

直之が体を迫《せ》り上げるたび、股間がぬちゃくちゃと音を立てる。肉棒がますます硬くなっていくのに対し、媚肉はグズグズに蕩けていくようだ。

「ぬあぁぁ……」

愉悦は高まる一方だった。幼児プレイの童貞に戻ったような新鮮味も良かったが、女に頼られ甘えられてするセックスは別物だ。しかも相手が美人女医と来れば、なおさら牡の自尊心がくすぐられるというものである。

「ハアッ、ハアッ、ハアッ」

やがて直之は硬直を抜いて、彼女の脚を持ち上げ始める。

「あっ、ああっ、うふうっ」

すると、陽子も身悶えながら呼吸を合わせる。

太腿が持ち上がったところで、直之はさらに脹ら脛を頭の方へ倒していく。

「ハアッ、ハアッ」

「ううっ……ふうっ」

体が折り畳まれていく陽子は苦しそうだ。それでも女性らしい柔軟さで堪えるのだった。

気付いたときには、マングリ返しの体位になっていた。

「いやらしい所が丸見えだよ」

足首を押さえた直之が声をかけると、陽子は言った。

「陽子のオマ×コ、どうなってるの？」

「ビラビラが肥大して、オマ×コ汁でぐちゅぐちゅだよ」

「直之さんのエッチ」

「クリも勃起してるし」

「そう言う直之さんのオチ×チンだって、ビンビンじゃない」

「挿《い》れてほしい？」

「挿れて。ビンビンのオチ×チンで掻き回しちゃって」

「陽子っ」

直之は彼女の脚を肩で押さえ、真上から硬直を振り下ろした。

「ああああっ、直之ぃ……」

貫かれた陽子が息を吐く。

杭打ちのような抽送が始まった。

「ハッ、ハッ、ハッ、ハッ」

「あんっ、あっ、あふうっ、んっ」

杵《きね》が臼を突くたび、新たな呼び水があふれ出た。結合部からごふりと噴き出し、尻を伝ってシーツに染みを広げていく。

「ハアッ、ハアッ、ハアッ、ハアッ」

ピチャピチャと水が跳ねる音がした。媚肉はみっちりと太竿を包んでいる。

「あっふ、ああっ、イイッ……」

下になった陽子も呼吸を合わせ、体のバネで抽送に耐える。

やがて直之は単純なピストンに、マドラーで掻き回すような動きを加えていく。

「ぬはあっ、ふうっ、ハアッ」

「ああ、イッ……あふうっ、直之さん……」

「陽子っ。気持ちいい？」

「うん、とってもーーんああっ、すごぉおおい」

抉られ、掻き回されて、陽子は喘ぐ。折り畳まれた不自由な姿勢で、懸命に悦楽を貪っていた。

「はぁん、欲しい。もっと……イイッ」

「陽子、ああっ、俺もうーー」

「オチ×チン、気持ちいいの？　出したいの？」

「ああ、本当にもうイッちゃいそうで」

肉棒が暴発を訴えていた。陰嚢の裏に熱いものが突き上げてくる。

「んああーっ、わたしも、もう、ダメ……」

陽子も限界のようだった。浅い息を吐き、男の荒々しい腰使いに宙ぶらりんの脚をガクガクと揺らしている。

「ぬああっ、もうダメだ。出るうっ」

先に直之が果てた。びゅるっと飛び出た白濁液は、これが三発目とは思えないほど勢いよく子宮に叩きつけた。

「あふうっ」

陽子はそれを受け止めながら息を吐く。眉根を寄せた切ない顔で彼を見上げ、まだ止まぬ抽送にジッと耐えるようだった。

しかし次の瞬間、彼女はひと際大きな声をあげた。

「あっひ……ダメえええっ、イクうっ！」

グッと身を縮めたかと思うと、足先をピンと伸ばす。次いで昂揚の波が全身を貫くと、ガクガクと身を震わせた。

「おおうっ、陽子ぉ……」

しかし直之は射精の余韻を味わう暇もなく、陽子の腕に押し退けられた。

「ダメ……出ちゃう」

「え……？」

驚く彼の前で、割れ目からきらめく潮が噴き出した。

「あああ……」

陽子はほうっと息を吐きながら、止める術もなく飛沫《しぶき》を上げる。

シーツには瞬く間に染みが広がっていった。

「ひいっ、ふうっ、ひいっ、ふうっ。わたし……」

息を喘がせる陽子は、自分に何が起きたか分からないようだった。

一方、直之は妙な感動を覚えていた。

「すごい。潮を噴いたんだ」

「そうなの？　やだ、恥ずかしいな」

聞けば、彼女もこんなことは初めてだという。

それから二人はしばらく裸で抱き合っていた。

「すごく良かったわ」

「俺もさ」

「直之さんのこれ、しばらく忘れられそうにないかも」

陽子は言うと、鈍重になった肉棒を握る。

「う……陽子さんってエッチなんだな」

「いけないかしら？」

「いいや、良いことだと思うよ。健康な証拠じゃないか」

「うふふ。医者と患者が逆みたいね」

「まったくだ」

直之がおでこにキスすると、陽子のまなざしが揺れる。

「このまま直之さんと一緒にいられたら——」

「え……？」

「冗談よ、冗談。今日はとても良かったわ。診断書にもそう書いておく」

冗談に紛らわせた陽子の言葉に、直之も一瞬だが心が揺らいだ。しかし、そこは大人同士。一時的な感情の高ぶりに過ぎないことは分かっている。

「それじゃ、いつかまた」

二度と会うことがないと理解しつつ、クリニックを後にするのだった。

第五章　美人女医の媚肉指導

直之は一ヶ月ぶりに神林クリニックを訪れることになった。すなわち、裏健康診断プログラムも無事終了したというわけである。

応接室に通された患者の顔は晴れやかだった。

「おかげさまで、だいぶ男としての自信を取り戻せた気がします」

人妻ナース、女子医学生、キャバ嬢兼歯科助手、小児科医など、あらゆる女性とのあらゆるプレイを経て、彼は主治医へ感謝の弁を述べる。

芹那もうれしそうだった。

「見れば分かるわ。ひと月前とは顔の輝きが違うもの」

「ありがとうございます」

直之はソファに腰掛けたまま、深々と頭を下げる。何もかも彼女のお膳立てがあってのことだ。中折れに悩んでいたのがウソのようだった。

対面の芹那は、そんな彼を見つめながら脚を組み替える。

「やはり最初に睨んでいたとおり、肉体的にはまったく問題ありませんでした」

「ええ……」

直之はストッキングに包まれた脚に目を奪われつつ、生返事する。

「ただひとつだけ——精密検査が必要なことがあります」

女医の目がキラリと光ったようだった。

直之はとまどう。

「精密検査……何のことでしょう？」

するとおもむろに芹那は立ち上がり、部屋中のカーテンを閉め始める。そして壁のスイッチを押すと、天上からスルスルとスクリーンが下りてきた。

「まずは、これを見てちょうだい」

芹那はプロジェクターのリモコンを手に、彼の隣りに腰掛ける。

（一体、何だろう）

直之が固唾《かたず》を飲んで見守っていると、間もなく暗い部屋に映像が流れ出した。

映像は荒く、ブツ切れの連続で、最初は何が映っているのかよく分からなかった。

だがしばらくすると、それが盗撮しているためだと分かってくる。

直之は、映像が商店街の雑踏で一人の人物を追っているのに気がついた。

「あれは……！　俺の——」

「そう、奥さん」

芹那が頷く。

それは、直之の妻の日常を切り取ったものだった。内容は、買い物へ行く途中だったり、カフェで友人と談笑するという、なんて言うことのないものだ。

しかし、見ているうちに複雑な心境になってくる。

「なぜこんなものを——妻を尾行したんですか」

いくら何でもやり過ぎだという気もする。直之は半分気を悪くしながら訴えた。

しかし、芹那は意に介することなく言った。

「あら、意外だったかしら？」

「だって、妻は関係ないじゃないですか。まさかこんな興信所みたいなこと——」

彼の不満には、内面の不安が表われていた。何しろ浮気しているのはこちらなのだ。

これでは立場が逆である。

心療内科医でもある芹那は、不倫の罪悪感に揺れる患者を誘導する。

「直之さん、いったん自分のしたことは忘れて」

「いや、しかし……」

「奥さんの姿をちゃんと見て。何か感じない？」

女医には確信があるようだった。

医師の威厳に押され、直之も居住まいを正す。

「分かりました」

そして改めて見ると、気付くことがあった。映像に映る妻の姿はどれも、普段彼が見ることのない瞬間だったのだ。友人と談笑する折などに見せる笑顔は屈託がなく、思わず軽い嫉妬を覚えるほどであった。

「こんな妻を俺は知らなかった……」

スクリーンの女性は魅力的だった。生き生きとして、年齢なりの色香を醸《かも》し出している。映像の妻はまるで初めて遭《あ》う他人のように見え、かえって欲情をそそるようでもあった。

「分かったかしら」

芹那は言うと、突然彼の膝に跨がってきた。

顔が近い。太腿の温もりに直之はとまどう。

「分かったというと……えーと」

「奥さん、綺麗でしょ」

「え……ええ」

会話の内容と行為のチグハグさに直之の心は千々に乱れる。

しかし、芹那は構わず耳に息を吹きかけながら言う。

「あなたに足りないものが何か分かる？」

「はい……何でしょう」

「今からそれを教えてあげる――」

芹那は言いながら、彼のベルトを外し、肉棒を引っ張り出した。

「はううっ……」

「まあ、もうこんなに大きくして」

まろび出た陰茎は、すでに隆々と勃っていた。

それを芹那は逆手に握り、ゆっくりと扱き始める。

「ほらあ、元気なんだから」

「はうぅ、うっ。せ、芹那先生……」

「ギンギンなのね」

「ハアッ、ハアッ」

耳元で挑発されるように囁かれ、肉棒を扱かれて、直之は全身熱くなる。

芹那は亀頭を手で包むようにして転がし、裏筋をくすぐった。

「直之さん、あなたってセクシーだわ」

「本当に？　俺が？……ううっ」

「ええ。他の先生もとても褒めていたもの」

言いながら耳たぶをペロッと舐められ、直之はゾクリと身を震わせる。

「はううっ。芹那先生の、おかげです」

「でもね」

「はい……！」

肉棒を不意にきつく握り絞められ、直之の動きが止まる。視線の先には、スクリーンで笑う妻の顔があった。

芹那の声が耳に響く。

「あなたに足りないのは、男としての強さ。強欲さよ」

「あ……」

直之は胸を衝かれるが、答える前に彼女の唇が塞いできた。

「むふうっ……レロ」

「ちゅぱっ、んん……キスしましょう」

「もうしてる……むふうっ、芹那さん」

「直之さんの舌使い、とっても上手よ」

芹那は濃厚に舌を絡め、わざと唾液の音を立ててきた。

「レロッ、ちゅぱっ。芹那さん――」

直之も女医の舌使いにウットリしていた。最終日に呼び出された時点で、こうなることはどこかで期待していた。初めて会ったときから、脳内ではとっくに芹那を脱がせていたのだ。

だが、壁に目をやると妻が大きく映し出されている。録画された映像とはいえ、連れ合いに見られたまま不貞行為を働くのは、さすがにためらわれた。

「――やっぱりダメだ」

葛藤に勝てず、直之は断腸の思いで彼女を引き離す。

「ごめん。こんなもの映されていたら、できないよ」

せっかくのチャンスをフイにした。彼は申し訳なさでいっぱいになりながら告げた。

しかし、芹那はちっとも機嫌を損ねてはいなかった。

「いいのよ。直之さんらしいわ」

「なんて言うか、その……」

「でもね、本当にそれでいいの？」

「え……」

「だって、奥さんとはまだできていないんでしょう」

一番痛いところを突かれ、直之は黙り込んでしまう。

芹那は続けた。

「改めてお伺いするわ。工藤さん、奥さんとはあれからセックスしましたか？」

「いえ、まだ……」

「なら、最初のお悩みは解決されていない、ってことね」

「そう……なりますね」

「ご自分でその原因は解明しましたか？」

彼女の言うとおりだった。直之の悩みは、ただセックスしたいだけではない。妻との営みがないことに苦しんでいたのだ。

他人の女との交わりで満足していた自分が情けなくなる。

「先生、俺はどうしたらいいのでしょうか」

この日来院したときの自信はどこかへ消し飛んでいた。自分はまだ何も成し遂げてはいない。芹那に頼るしかないのだ。

一方、芹那はそんな彼を慈しむような目で見つめていた。患者が自分の無知を認め、やっと本当の治療が始まるといった感じだった。

「直之さん、あなたはどうしたいの？」

そう問い返し、見つめる瞳が潤んでいる。

「お、俺は……」

直之は葛藤する。しかし、その視線は白衣の膨らみを捕らえていた。芹那は辛抱強く待っていた。患者が自らの意思で動かなければならないからだ。

「ハアッ、ハアッ」

スクリーンには同じ場面が繰り返し流れていた。直之は横目で意識しつつ、心の中で妻に「すまない」と謝ると、ようやく女医の白衣に手を伸ばす。

「芹那さん――」

「直之さん……いいのよ、きて」

「芹那さんっ」

目の前の欲望には勝てなかった。彼は芹那の白衣を剝ぎ取ると、高級そうなブラには目もくれず、めくり上げて突先にむしゃぶりついた。

「びちゅるるるっ」

「はうっ……」

とたんに芹那は甘い声をあげ、身を震わせる。

「芹那さん、芹那さんっ」

直之は無我夢中で乳首を吸った。初めて会ったときからこうしたかったのだ。三十二歳の裸身は成熟し、まさに今が女盛りであった。

「あんっ、そんなにチュウチュウ吸って……」

浅い息を吐きながら、すがりつく男の頭を抱え込む。

芹那の体は甘い香りがした。香水だろう。男を狂わせる魅惑のフレグランスだ。

「ハアッ、ハアッ。みちゅ……レロッ」

「ああん、吸って。もっと」

「ちゅぱっ。喜んで」

「あっふ……そう。ああっ、でももっと。咬《か》んで」

「か、咬む……？」

「そうよ、奥の歯で——お願い」

「分かった。こう——これでいいかい？」

「んあああーっ、イイーッ」

直之が奥歯で乳首を咬むと、芹那は激しく身悶えた。

「ステキ……ねえ、わたしのここを触って」

彼女は言いながら、彼の手を股間へと導く。

パンティーの下に這い込み、触れた割れ目はすでにぐっしょり濡れていた。

「芹那さんのオマ×コ、ヌルヌルだ」

「そうよ。あんっ、このオチ×チンのせいだわ」

芹那は言うと、お返しとばかりに肉棒を引っ張り出し、逆手に扱いた。

力強い手淫に直之は懊悩する。

「うはあっ、芹那さんっ……いきなり激しいよ」

「どうして。お互い様じゃない」

「だけど……ううっ、このままじゃ俺――」

勃起したペニスは瞬く間に先走りで溢れかえる。映像の妻に見られる罪悪感を乗り越えてきただけに、昂ぶるのも早かった。

「でっ、出ちゃうから、本当に。芹那さんってば」

さすがにいたたまれなくなり、女の扱く手を止める。

するると、芹那は不敵に微笑んだ。

「そう。なら、このまましましょう」

「このまま……」

復唱する直之は彼女に見惚れていた。この女は、性の化身だ。男に抱かれるために生まれてきたような女だった。膝の上で着衣を乱し、甘い言葉と奇跡のような肉体で、きっとこれまで幾人もの男を惑わせてきたのだろう。

「ああ、芹那さん……」

「このまま、座ったままでしましょうね」

呆然とする直之の前で、芹那は自ら白衣を脱ぎ、全裸になった。

「ほら、直之さんも」

「綺麗だ」

他に言いようもなかった。乳房は十分な量感がありつつ、弾力もあった。ぷりんと丸みを帯びており、華奢な骨格から横乳がはみ出るほどだ。

ウエストもしっかりくびれているが、痩せてはいない。女らしい脂肪をまといつつ、ヒップに掛けて見事な曲線を描いていた。

恥毛は薄く、土手がややふっくらしている。

「そんなにジロジロ見られたら、さすがに恥ずかしいわ」

「いや、本当に色っぽくて。いやらしい体をしているんだね」

「そこが悩みなの」

芹那は男の賞賛を軽く受け流すと、腰を上げ、硬直を逆手に持った。

「挿《い》れるね――」

そうしてゆっくりと尻を落としていく。

亀頭がぬぷりと媚肉に包まれる。

「はうっ……」

「んあっ……イイ」

芹那はウットリした表情を浮かべ、尻をストンと据えていた。

太茎は根元まで温もりに埋もれていた。

「おお……芹那さんの中、あったかいよ」

「直之さんのも……熱いわ。鉄が焼けているみたい」

彼女は言うと、おもむろに尻を揺さぶってきた。

「あんっ、ああっ、イイッ」

「うお……ハアッ、ハアッ」

突然快楽に襲われ、直之は身悶える。

芹那は膝の上で弾んでいた。

「あっ、ああん、うん、イイッ」

彼女が尻を落とすたび、小気味良い音がペチペチ鳴った。同時に蜜壺が掻き回されるような湿った音もする。

「ハアッ、ハアッ、ハアッ」

直之はそんな彼女の脇腹を支え、蜜壺の感触を堪能していた。

「あんっ、あんっ、ああっ、んふうっ」

「ハアッ、ハアッ、おおぉ……」

無数の襞が竿肌に絡みついてくる。女医の媚肉は、まるでそれ自体が生きているように責め苛んでくる。

「んああっ、いいのぉ……」

芹那自身、自分の名器を知ってか知らずか、微妙に腰に捻りを加え、さらに愉悦を高めようとした。

すでに昂ぶっている肉棒はたまらない。

「うっは……ヤバいよ、芹那さん」

「何がヤバいの？　わたしだって——はううっ、感じてるのよ」

直之の訴えも、官能に耽る芹那には届かない。それどころか、彼女はさらに追い打ちを掛けるようなことを言った。

「最初からこうするつもりだったわ」

「ええっ……？　俺と、ってこと？」

「当然じゃない。初診のときにもう決めていたわ」

彼女の言葉を素直に受け取れば、芹那は裏健康診断の患者全員と寝るわけではないらしい。

だが、直之は自信が持ちたかった。そこでさらに問い詰めた。

「つまり、芹那先生も俺としたかったっていうんだね」

「それ以外、何だというの——」

芹那は焦れったそうに言うと、唇を重ねてくる。

もちろん直之も舌を伸ばして迎えた。

「べじょろっ、じゅるっ。むふうっ、芹那ぁ」

「んふぁ……レロッ、ちゅるっ。直之ぃ」

濃厚に舌が絡み合い、唾液が交換される。

（こんなにいい女が、俺を欲しがっている）

直之は喜びに胸が膨らむのが分かった。牡としての自信が毛穴のひとつひとつからにじみ出てくるようだ。貪る舌も勢いを増す。

「ああ、芹那さん……」

女医の口中を舐めたくりつつ、両手は乳房をつかみ取っていた。

わしゃわしゃとわし摑みにされ、芹那はたまらず顎を反らす。

「んはあーっ、直之さんったら」

「ハアッ、ハアッ。芹那さんのオッパイ、ぷるんぷるんだ」

「ああっ、あんっ。ダメ……気持ちよくなっちゃう」

「気持ちよくなるために、しているんでしょう」

「そうね。あんっ……ステキよ。直之さんからもきて」

「ああ」

淫らに欲しがる彼女を愛しく思いながら、直之は下から腰を突き上げた。

「うらあっ」

「はひいっ、イイッ」

とたんに芹那は身を反らす。その勢いのまま背中から倒れ、直之はそれを追うように覆い被さる。

「芹那さん――」

上になった直之は蕩けた女を見下ろす。

芹那は眩しそうに見上げていた。

「最後までイッて、いいのよ」

「芹那さんっ」

挑発的な言葉に彼はたまらず腰を振りかざした。

正常位で突かれ、芹那の胸は大きく喘ぐ。

「んあぁーっ、イイッ。いいわ」

「ハアッ、ハアッ、ハアッ」

蜜壺は掻き回され、グチュグチュと湿った音を立てる。

「あっふう……もっと、もっときてぇ」

芹那の喘ぎ声は悦びに輝いていた。

直之は立てていた肘を折り、女のなまめかしい肉体を抱きしめる。

「俺、もう、ガマンできない……」

「わたしも……ああん、一緒にイキましょう」

「芹那さぁんっ」

抽送にも気合いがこもる。なんていい女だろう。これまで抱いた医療従事者たちもそれぞれ美しかったが、芹那は別格に思えた。

「ぬあぁぁぁっ」

ラストスパートだ。怒張は激しく出入りし、先走りを噴きこぼす。

すると、芹那にも変化が起こった。

「はひいっ、イイッ——」

何かに驚いたように突如ビクンとすると、両脚を腰に巻き付けてきた。

「出してぇ。イッちゃう、イッちゃうからぁ」

「ううっ、芹那っ。出るっ」

堪えきれなくなった肉棒が、熱い白濁の噴泉を解き放つ。

受け止めた芹那もただでは済まない。

「はううっ、イ……イックうううーっ！」

一瞬息を呑むが、次の瞬間には、はしたない声をあげていた。

その絶頂が媚肉を痙攣《けいれん》させ、再び肉棒へと返ってくる。

「ううっ、うっ」

直之は呻き声を上げ、太竿に残った汁を絞り取られた。

なおも芹那の絶頂は続いた。

「はひぃっ、んああっ」

寄せては返す波のように、幾度となく体を震わせ、絶頂するのだ。その様子は、女として生まれた悦びを余すところなく味わおうとするようだった。

しかし、昇り詰めれば後は下るだけだ。

「ひぃぃっ……ふぅぅっ」

「ううっ……」

直之は絶頂した芹那を眺めながら肉棒を抜く。

すると、芹那も敏感に反応した。

「あんっ」

「すごく良かったよ。こんなに気持ちいいのは初めてかもしれないな」

直之がつくづく言うと、芹那は慈しむように彼の頬を撫でた。

「わたしも。素晴らしかったわ」

しどけなく横たわる女医の股間からは、収まりきらなかった白濁液がダラダラと流れ落ちていた。

静かな昼下がりだった。趣味の良い応接室は時が止まっているようだった。

「ちゃんとイケたじゃない」

「うん」

「奥さんが見ている前で」

「そうだね」

直之はソファで答えながら、異様な胸の高鳴りを感じていた。映像とは言え、妻の見ている前で別の女とまぐわったのだ。当然罪悪感も覚えるが、その一方では尋常ならざる興奮も感じていた。

(だけど、これでいいのだろうか？)

内緒で裏健康診断という名の浮気を重ね、おかげで精力が復活したのだ。一度浮気の甘美さに味を占めてしまった以上、これからの夫婦生活が心配になる。芹那の言う、「男としての強さ」とは、こういうことだったのだろうか。

射精後に特有の醒めた頭で思いに耽っていると、いつの間にか股間に芹那の顔があった。

「まだイケそうじゃない」

「え？」

「オチ×チン。大きくしてあげるね」

彼女は言うと、いきなり逸物を咥え込んできた。

まだ絶頂の余韻が残る肉棒は敏感に反応する。

「うはあっ、ちょっ……芹那さん」

直之は押しとどめようとするが、芹那は容赦なくしゃぶる。

「ぐちゅっ、じゅぱっ。んん、おいひ――」

「ハアッ、ハアッ。おうっ」

「ほら、もう大きくなってきた。体は正直ね」

芹那はいったん口から離し、手で扱きながら挑発してきた。

「ああぁ……芹那さん……」

瞬く間に愉悦に引き戻され、それまで思い悩んでいたことが薄れていく。

すると、彼女は手淫しながら語り始めた。

「こんなことを始めたのは、高校生のときに付き合った人がきっかけなの」

「へ、へえ。そうなんだ」

手淫の気持ちよさに、直之は生返事になる。だが、彼女は構わず続けた。

「初めての彼氏だった。相手もそう。当時は処女を早く捨てたいと思っていたし、それが大好きな彼なら本望だと思っていたわ」

ところが、その望みは叶わなかったという。

「彼が真性包茎だったの。寸前までは行くんだけど、いざしようとなると、彼が痛がっちゃってどうしようもなくて——。その頃はわたしも医学の知識なんてなかったから、自分が悪いんじゃないかとまで考えたわ」

「若い恋人同士には辛かっただろうね」

芹那が愛撫を加減しているせいで、直之も話を聞くことができた。

「そうね。好きな人に処女を捧げられなかったのは、しばらく辛かったわ。でもね、わたしも若かった。そのうち別の人とも付き合うようになって、彼とのことは青春の思い出として記憶も薄れていったの」

その後、医大を卒業した芹那は医師となり、やがて自分のクリニックを開業するまでになった。開業当初は迷うことも多く大変だったと言うが、それも落ち着いてきた頃、ふとかつての記憶が蘇ったらしい。

すでに一人前の内科医になっていた彼女は思ったという。

「包茎は手術で治せる。今の知識が高校生のときにあったら、当然彼にも手術を勧めていたと思うわ。だけど、世の中には手術では治せないような、セックスに悩みを持つ人もたくさんいるはずだ、とも考えるようになっていたの」

そこで芹那は一念発起し、心療内科を学んだのち、独自の理論を打ち立てたというのだ。

「問題が器質的なものでないなら、感情面からアプローチする必要があるというわけね。わたしは、そこに行動療法を応用したの」

「それが、この裏健康診断――」

「そう。と言って、全ての患者をわたしが相手するわけにもいかないし」

「そんなの体が持つわけないよ」

「うん。でも、それだけじゃない。患者にも様々な趣味嗜好《しこう》があるわ。それを見極めて、ピッタリの相手を見つけるのがわたしの腕の見せ所ね」

彼女の理論を実践するには、患者のパートナーとなる女性が必要だった。だが、セックスでセックスの問題を解決するという方法に、当初は賛同者が簡単に集まるはずもないと思われた。

「いわゆる風俗嬢を使う手も考えたわ。だけど、仕事と割り切った玄人《くろうと》の女性では、療養に向かないことも分かってきた」

「それじゃ、ただ普通に遊びに行くのと一緒だもんね」

ところが、意外なところで協力者が見つかったのだ。

「最初は、精神医学のカンファレンスで出会った女性研究者だった。わたしの理論を説明すると、すぐに理解してくれたわ。彼女も同じような経験をしていたのね。おかげでこのプログラムを始められた。もちろん内密にだけど」

その研究者を皮切りに、医療従事者の中から協力者は続々と見つかり出した。

「思っていたより欲求不満の女性が多かったの。仕事が不規則で出会いが少ないというのもあるし、表向きはお堅い職業でしょ。その反動で派手に遊び回る人もいるけど、大半は欲求不満だけを溜め込んでいたりするのよね」

こうして芹那自身の趣味と実益も兼ねて、裏健康診断が進められてきたようだ。

これまでのいきさつを聞いて、直之は素直に感動していた。

「すごいな。ちゃんと医学に基づいて構築していったんだ」

手淫はいつしか甘弄り程度に落ち着いていた。芹那は彼の発言に目を丸くする。

「えーっ、じゃあ何だと思って診断に臨んでいたの？」

「え……いや、つまり——なんて言うか、やっぱり裏風俗的な」

「ただのセックスサークルかなんか、ってこと？」

「いや、まあ……」

図星を指されて直之は言葉がない。

すると、芹那は突然噴き出した。

「冗談よ。でも、これで理解してくれたでしょ。だって、実際どうだった？」

「この裏健康診断を受けて？」

「そう」

直之はしばし黙考する。確かに女医の理念は本物だ。実際、自分でも気付かないうちに男としての自信を取り戻せたような気がする。

「少なくとも、俺は芹那先生を信用するよ。不審を感じていたのは本当だけど、実際に肉体は以前よりも強くなったからね」

「それを聞いて、わたしもうれしいわ」

彼女は言うと、思いを表わすようにまた扱き始めた。

「おうっ、うう……それに俺――」

快楽に身悶えながらも、直之は彼女の顔を両手で持ち上げる。

見上げる芹那の瞳は熱を帯びていた。

「それに――なぁに？」

「俺は……いや、芹那さん。あなたは美しい」

「本当？」

彼女は目を輝かせながら、彼の膝からせり上がってくる。

二人の顔が正面を向き合った。

「医師として優れているだけじゃなく、一人の女性としてすごく魅力的だ」

「直之さん……」

唇が重なり、舌が絡み合う。

「レロッ、ちゅぱっ」

「んふうっ、ちゅるっ」

キスをしながらも、彼らは互いの肉体をまさぐる。そうして絡み合ったまま、ごく自然にソファに倒れ込んだ。

「――ぷはあっ」

上になった直之が体を起こし、潤んだ女医の目を見つめる。

「芹那さん」

「んん？」

「これを見て」

彼は言うと、膝立ちになり、勃起したペニスを捧げ持ってみせる。

芹那は言った。

「とても立派だわ。ステキよ」

彼女のようないい女に逸物を褒められて悪い気はしない。だが、彼が言いたいのは別のことだった。

「まるで二十代に戻ったみたいだ」

「ええ」

「全部、芹那さんのおかげだよ」

「あたしもうれしいわ」

「あなたが欲しい」

その力強い言葉は、直之が男として復活したという宣言であった。

主治医の芹那もそれを聞いてうれしそうだった。

「わたしも直之が欲しい」

そう言って諸手を差し伸べ、再生を果たした男を歓迎する。

「芹那っ」

直之は呼びかけると、女体の海に飛び込んだ。

怒張が花弁を押し分け、媚肉に埋もれていく。

「ぬおぉ……」

「んああっ、入ってきた――」

芹那は声を震わせ、挿入を言祝《ことほ》いだ。

直之が抽送を始める。

「ハアッ、ハアッ。ううっ、たまらん」

「んっ、ああっ、わたしも……いいわっ」

「ハアッ、ハアッ、ハアッ」

正常位で突きながら、直之は彼女の乳房を揉みしだく。

「あっふう、直之ぃ……」

とたんに芹那は身悶える。うなじに朱を散らし、成熟した肢体をくねらせながら、男の愛撫にウットリとする。

「綺麗だ――」

直之は身悶える芹那の姿に見惚れていた。医師である彼女も魅力的だが、白衣を脱ぎ捨てたときこそ、本当の美しさが立ち現れるのだ。

「芹那あっ」

たまらず彼は身を伏せて、芹那を抱きしめる。

「あんっ、イイッ。直之ぃ――」

すると、芹那も背中に腕を巻き付けてくる。

互いの汗ばんだ肌を抱きしめながら、さらに抽送は続く。

「ハッ、ハッ、ハッ、ハッ」

「あっ、あんっ、ああっ、あふうっ」

動きが制限されているため、振幅は小さい。だが、その分密着度は高く、互いの温もりを通じて愉悦は増していった。

「ああっ、すごいわ。奥の方まで感じる」

浅い息を吐きながら、芹那が悦びを訴える。

だが、そのときである。蜜壺が不可思議なうねりを起こし始めた。

「うはあっ、何だこれ……」

突然の変化に直之は懊悩する。太竿が無数の凹凸に絡め取られていくようだ。経験したことのない快感に、彼は一瞬腰の動きを止めたほどだった。

「ああん、いいのぉ」

媚肉の蠕動《ぜんどう》は、彼女自身にも快楽をもたらしているようだ。わななく手が彼の背中に爪を立て、喘ぐ声もより一層悩ましくなる。

直之は陰嚢が硬く締まるのを感じる。

「うう……ハアッ、ハアッ」

このまま果ててしまいたい。射精の欲求が突き上げてくるが、心の奥から「まだ早い」と諫める声が聞こえてくる。

直之はおもむろに体を引き離した。

「くはあっ——芹那」

「どうしたの」

流れをせき止められた芹那はキョトンとする。悦楽を貪るのに夢中で、彼がイキそうなことに気がつかなかったのだ。

直之は言った。

「バックでしたい」

彼の目は真剣だった。申し出は暴発を防ぐためもあったが、もうひとつには芹那とのひとときをできるだけ堪能し尽くしたかったからだ。

(彼女とはもうこれきりかもしれない)

診療プログラムが終われば、彼らはまた赤の他人に戻る。そして彼女はまた次の患者にとりかかるだろう。彼にとっても先刻承知のことではあるが、目の前の完成された肉体を見ると、それではあまりに惜しい気がしてくる。

きっと芹那にも同じ思いはあったのだろう。

「いいわ」

彼女は言うと、ソファから立ち上がる。そして背もたれ側に回り、手で支え、尻を突き出す恰好になった。

言い出しっぺの直之は意外に感じる。てっきりソファで四つん這いになると思っていたからだ。

しかし、それで困るということはない。彼も立って後ろに回り、彼女の尻を抱えるようにした。

「いくよ」

「きて」

立ちバックの体勢で、直之は硬直を尻のあわいに差し込んでいく。

「ああん」

「おうっ……」

ぬぷりと肉棒は突き刺さり、媚肉の温もりに包まれていた。

直之は慎重に腰を引いていく。

「ううっ……」

「んああっ」

芹那も敏感になっているらしく、それだけで身を震わせた。

やがて抽送が形をなし始める。

「ハアッ、ハアッ、ハアッ」

直之は彼女の尻を支えにし、抉り込むように肉棒を叩きつける。

その都度、芹那も悦楽の声をあげた。

「ああん、あっ、うふうっ、んんっ」

腕を突っ張って支えるのに疲れたのか、彼女は背もたれに肘を立てた。

「おうっ、芹那……」

直之は視覚でも愉しんでいた。女医の背中は反り返り、見事な曲線を描いている。肩甲骨《けんこうこつ》が浮き上がり、腰のくびれを経て、女らしいふくよかな尻へと続いていた。

「ハアッ、ハアッ、ハアッ」

ふと下を見れば、怒張が尻を出たり入ったりしている。手で尻たぼを押し開くと、すぼまったアヌスがヒクヒク蠢いているのが見えた。

しかし、感じているのは芹那も同様だった。

「あっふう……イイッ」

盛んに息を吐きながら、彼女は愉悦に押し流されないようにであろう、グッと足を踏ん張っていた。

「んああっ、すごいのっ、奥に当たるぅ」

エリートらしからぬ甘えた声を出し、盛んに頭を上げたり下げたりするのだ。

「ハアッ、ハアッ、ハアッ、ハアッ」

「あっ、あんっ、ああっ、んふうっ」

深まる一方の悦楽に、彼ら二人だけが世界から切り離されたようだった。互いの性器を通じて感じる悦びが全てに思われた。

「ハアッ、ハアッ」

直之は腰を振り続けたまま、片方の手を彼女の股間に回す。そして湿った草むらを分け入り、指で肉芽を転がした。

「はひいっ……ダメえええっ」

とたんに芹那は身悶える。喉から振り絞るような声をあげ、ガクガクと体を震わせ始めたのだ。

「ああ、芹那。感じているんだね」

「あんっ、だって——ダメ、そこは」

肥大したクリトリスはプリプリとした触感だった。直之は指先でこねくり回し、あるいは押し潰すようにした。

「芹那、芹那っ」

「んああっ、直之。ダメ……わたし、イッちゃう」

「いいよ。イッてごらん。芹那がイクところを見せて」

「ああっ、あっひ……イイイイーッ」

喘ぐと、芹那の背中が一層深く反っていく。

それに合わせて直之もさらに激しく腰を突き、愛撫の手を強めた。

「ハアッ、ハアッ、どう。気持ちいい？」

「イイッ、イイッ……んあ、良すぎて——イクうううっ！」

背もたれに額を乗せた芹那が、床に向かって喘ぎ叫ぶ。下腹をグッと締め、花弁から大量の牝汁を噴きこぼしながら、絶頂を貪るのだった。

ややあって、直之は繋がったまま訊ねた。

「イッたの？」

「んん……んふうっ、うん。イッちゃった」

芹那は答えながらも、息を切らせていた。

「あっふう――もうダメ……」

そしてついに耐えきれなくなり、がくりと床に崩れ落ちる。

スポンと抜けた肉棒は、愛液に塗れて照り光っていた。

芹那は床から起き上がるのも億劫《おっくう》そうだった。

「こんなに燃えたのは久しぶりよ」

「うれしいな。芹那さんみたいな人に、そんなことを言われるのは」

直之も感無量だった。美しい女医をわが逸物が絶頂させたのだ。それも自分は射精しないままでのことである。

「本当に素敵なオチ×チン――」

芹那が勃起したままの肉棒を握る。

「うっ……芹那さん？」

「うふ。もっと欲しくなっちゃった」

彼女は言うと、おもむろにペニスを咥え込んできた。

「うおっ、そんな、まだ汚れて――」

「んんっ、直之さんの硬くて美味しいオチ×チン」

とまどう直之をよそに、芹那は自らの愛液に塗れた肉棒を貪り食らう。

「じゅぷっ、じゅぷぷっ」

「はうっ、っく……ハアッ、ハアッ」

ただでさえ欲情している矢先のことである。直之は襲いくる快楽に頭がクラクラしてくるほどだった。

芹那がしゃぶりながら言う。

「なんだか離したくなくなってきたわ。これ」

「くうっ。舌をそんな風に……ハアッ」

「記念にオチ×チンだけもらってもいいかしら」

卑猥《ひわい》な冗談を飛ばすと、彼女は喉奥まで思い切り咥え込んだ。

「ぐぷぷっ」

「うあぁっ、芹那あっ」

見事なまでのディープスロートに直之は悶える。

(綺麗な顔して、どこまでエロいんだ——)

芹那は特別としても、ここしばらくで交わった女たちは性に貪欲だった。医療従事者というのは皆がこうなのだろうか。欲望のあり方は各々《おのおの》異なれど、そう考えてもおかしくない経験を彼はしてきた。

「芹那さん、俺ももう、我慢できないよ」

「うん、きて」

意思は通じ合っていた。息を荒らげ直之は芹那を床に押し倒す。

「芹那っ」

「ああん、直之ぃ」

互いの名を呼び合い、正常位で合体する。

「ぬおぉっ」

「んああっ」

媚肉は十分にこなれ、硬直を柔軟に受け止めた。

覆い被さる直之が腰を穿つ。

「ハアッ、ハアッ、ハアッ、ハアッ」

彼は後先考えずがむしゃらに抽送した。先ほどバックでハメたのと、その後のお掃除フェラで、劣情は紅蓮《ぐれん》の炎となって燃え盛っていた。

一方、組み敷かれる芹那も悦楽の表情を浮かべていた。

「ああん、あふうっ。イイッ、イイイイッ」

熟した体を盛んにくねらせ、苦しそうに息を吐いた。悦びは女の顔をさらに妖艶にし、汗ばむ肌を紅潮させるのだった。

直之は肉棒を突き刺しながら言う。

「セックスって、こんなに素晴らしいものだったんだね」

「そうよ。人間の三大欲求だもの」

「それは分かっているけど、結婚すると脇に追いやられてしまう」

「なくても平気だ、って？」

「そう。夫婦って、そういうものだといつしか思い込むんだ」

「習慣による刷り込みね。他の可能性を考えなくなってしまうの」

「だけど、俺は……ハアッ、ハアッ。実際は、まだまだヤリ足りなかった」

「あんっ、そうよ。こんなに立派なオチ×チンなのに」

「それを気付かせてくれたのがあなただった。芹那先生のおかげだ」

感謝の気持ちを彼は激しい抽送で表わした。

「ぬあぁっ」

「はひぃっ……すごいわ。直之さん、あなたはこれまでの患者の中でも、一番めざましい治療効果を証明してくれたのよ」

芹那は返礼の代わりに、首をもたげてキスをしてくる。

「ちゅばっ、んふうっ。好きよ、直之さん」

「俺も……レロッ、ちゅるっ」

「もう治療なんてどうでもいい――」

「俺も、ずっとこうしていたい」

「ああっ、直之ぃっ」

喘ぐ芹那が下から腰を突き上げてきた。

激しい愉悦が直之を揺さぶる。

「うはあっ、芹那っ。芹那あっ」

煽られるほどに彼の腰使いも激しくなっていく。長時間交わっていたために、肉体の節々は悲鳴を上げ始めていたが、快楽がそんな苦痛を忘れさせた。

「ハアッ、ハアッ、ハアッ」

「あっ、イイッ、感じるうっ」

「ダメだ。今度こそ本当に……。ううっ、イキそうだ」

「いいわ。イッて。わたしもまた――」

芹那は答えるなり、思い切り背中を反らした。

「んああーっ、オマ×コ感じるのぉぉぉっ」

そして喘ぐと同時に、内腿で締めつけてきた。

媚肉の摩擦も一層深くなる。

「ぐああっ……出る。もう出そうだ」

「出して。わたしの中に、直之の精子をブチまけて」

淫語を口走る芹那は、とうに女医の立場をかなぐり捨てていた。そこにいるのは、淫靡な三十二歳の女であった。

「イクッ。ああ……また来る——」

彼女が懸命に尻を持ち上げるたび、肉棒もまた愉悦に苛まれる。

「はうっ、ううっ。芹那のオマ×コ、締まる」

「ちょうだい。んああっ、濃いのを」

「出すぞ。本当に——ああ、もうダメだ」

直之は吐き捨てるように言うと、身を伏せて体を密着させた。

「ハアッ、ハアッ。イクよ、出すよ」

「きて。あひいっ、早く。わたしもイッちゃうからぁ」

「うはあっ、出るっ」

蓄積した悦楽が、白濁となって一気に迸る。

「うはあっ」

その怒濤《どとう》は芹那も押し流していく。

「はうぅ……ダメ。イクううぅーっ！」

曲げていた膝を伸ばし、足先をピンと張る。顔には愉悦の表情を浮かべていた。

「イイッ、イイイイーッ」

「ぬはあっ」

芹那が息んだために蜜壺が収縮し、さらに肉棒を搾り取る。

彼女の絶頂は長く続いた。

「んあっ、あっ、んふうっ……」

組み伏せられているにもかかわらず、全身をガクガクと痙攣させ、なおも貪ろうとするように股間を押しつけてくるのだった。

ようやくすべてが終わり、直之はゆっくりと彼女の上から退いた。

「うっ……」

「ああ……」

芹那はグッタリしたままだ。恍惚《こうこつ》の表情を浮かべ、だらしなく投げ出した太腿の間から欲悦の跡を滴らせていた。

それからしばらくの間、二人は床に倒れたまま呼吸を整えていた。

「良かったわ」

「ああ、俺も」

「でも、不思議ね。こんなに満足しているのに——ううん、満足しているからこそ、もっと欲しいと思ってしまうの」

芹那は言うと、鈍重になったペニスを甘弄りしてくる。

「ううっ……芹那さん」

驚く直之に彼女は続けた。

「ねえ、もう一度する？」

甘ったるい声で挑発してきたのだ。

果てたばかりのペニスを弄られ、直之は懊悩する。だが、彼女の顔を見つめると、こうハッキリ言ったのだった。

「後は妻のためにとっておきます」

「そうね。そうするのがいいと思うわ」

芹那は機嫌を損ねることもなく、彼の宣言に賛意を表した。

それから間もなく直之はクリニックを後にした。

まるで長い旅から戻ってきたような気分だった。芹那や他の女たちとの交わりは楽しかったが、彼が最後に帰る場所は一つしかない。

「ただいま」

直之はひとり呟くと、愛しい妻のもとへ帰っていくのだった。

（了）

※本作品はフィクションです。作品内に登場する
団体、人物、地域等は実在のものとは関係ありません。

絶対《ぜったい》やれる健康診断《けんこうしんだん》
〈書き下ろし長編官能小説〉
2021年12月27日初版第一刷発行

著者……………………………………杜山のずく
デザイン…………………………………小林厚二
発行人……………………………………後藤明信
発行所…………………………………株式会社竹書房
〒102-0075 東京都千代田区三番町8-1
三番町東急ビル6F
email：info@takeshobo.co.jp
竹書房ホームページ http://www.takeshobo.co.jp
印刷所……………………………中央精版印刷株式会社

■定価はカバーに表示してあります。
■落丁・乱丁があった場合は、furyo@takeshobo.co.jp までメールにてお問い合わせください。

竹書房ラブロマン文庫　近刊目録

※価格はすべて税込です。

好評既刊

長編官能小説
発情温泉の兄嫁
北條拓人　著

憧れの兄嫁と旅行中、青年は美人若女将や奔放な女客に誘惑され、兄嫁とも一線を超える…。混浴の快楽エロス。

770円

長編官能小説
孕ませ巫女神楽
河里一伸　著

地方神社に伝わるお神楽に発情した美人巫女たちは、青年との愛欲に耽る。肉悦と誘惑の地方都市ロマン長編！

770円

長編官能小説
ふしだら田舎妻めぐり
桜井真琴　著

地方回りの部署に移動となった青年は山村で農家の人妻、離島で美人姉妹らに誘惑されて…！　女体めぐりエロス。

770円

長編官能小説
なぐさみ温泉の肉接待
永瀬博之　著

妻を亡くした中年の元教師は、美くしく成長したかつての教え子たちに温泉で淫らに慰められる…！　悦楽ロマン。

770円

好評既刊

長編官能小説
湯けむり商店街
美野　晶　著

さびれた商店街に住む青年の土地で温泉が湧き、彼の周辺には淫らな女たちが集うように…。温もり誘惑ロマン！

770円

長編官能小説〈新装版〉
囚われた女捜査官
甲斐冬馬　著

気高く美しい女捜査官コンビを待ち受ける快楽地獄の罠！　想像を超える責め苦に女肌が悶え喘ぐ圧巻凌辱エロス。

770円

次回刊行案内

長編官能小説
ふたたびの熟《う》れ肉
鷹澤フブキ

気鋭の描く再会と誘惑の熟女エロス！
2022年1月11日発売予定!!

青年はかつて上手くいかなかった女たちに誘惑されて

770円